La société
médiévale

François Icher

La société médiévale

Codes, rituels et symboles

Éditions de La Martinière

Ce livre a été publié en grand format
avec une abondante iconographie en 2000,
aux Éditions de La Martinière.

ISBN 978-2-7578-4219-5
(ISBN 978-2-7324-2672-3, 1ʳᵉ publication)

© Éditions de La Martinière, 2000

À Marie, Guillaume et Julien...

Avant-propos

Du danger de lire le Moyen Âge avec un regard du XXIe siècle

Incontestablement, la société médiévale apparaît comme profondément inégalitaire en raison des statuts et des conditions qui séparent les hommes en trois ordres distincts : ceux qui combattent, ceux qui prient et ceux qui travaillent. Telle est du moins l'opinion communément admise aujourd'hui. En effet, le sort des paysans comparé à celui des seigneurs est à lui seul emblématique d'une société dont le socle fondateur repose sur des hiérarchies et des disparités très contrastées. Injustice, inégalité, obscurantisme…, les mots ne manquent pas pour qualifier et critiquer les fondements de la société médiévale. Et pourtant…

Profondément inégalitaire et injuste, le monde médiéval l'est certainement ; en revanche, il convient d'éviter le piège qui consiste à transposer notre sentiment très critique pour le faire partager obligatoirement au contemporain du Moyen Âge.

L'homme du Moyen Âge n'analyse pas son époque,

il se contente de la vivre, et cela est déjà difficile. Sa grille de lecture n'est en rien semblable à la nôtre. Ses pensées, son imaginaire ne sont en aucune façon comparables à ceux d'un homme du XXIe siècle. La société d'ordres que nous avons tant de mal à concevoir ou à accepter aujourd'hui n'est souvent pour lui qu'évidence et nécessité.

La perception médiévale de la société est très éloignée de celle que nous avons construite avec le recul du temps. Les mentalités sont comme les images du Moyen Âge : il faut tenter de les comprendre à l'aune de critères fort différents des nôtres.

Un ordre voulu par Dieu

Dans l'Occident chrétien, la société médiévale est réglée et figée selon une volonté divine qui a décidé, pour l'éternité, de la juste place pour chaque individu au sein d'un groupe particulier. Telle est la conviction profonde de l'homme médiéval : ce n'est pas l'homme mais Dieu qui a établi des distinctions et des différences ; en ce sens, il convient de les respecter en ne les contestant pas. Une répartition en trois ordres est formulée explicitement dès le IXe siècle pour s'imposer largement au XIIe siècle. Au XIe siècle, l'évêque Adalbéron de Laon, fixe sur du parchemin la désormais célèbre partition de la société médiévale en trois groupes bien définis : les *oratores*, les *bellatores*, les *laboratores*.

On distingue au sommet de la pyramide sociale les *oratores*, « ceux qui prient », les serviteurs de Dieu chargés de guider les puissants et les humbles vers le salut. Viennent ensuite les *bellatores*, « ceux qui combattent », formant ainsi le socle de l'aristocratie médiévale. Enfin, de très loin les plus nombreux, les *laboratores* sont « ceux qui travaillent ».

Cette déclinaison en trois groupes laisse effectivement supposer que la société médiévale est profondément injuste en instituant la domination des deux premiers ordres sur le troisième dont la vocation unique est de travailler à la place et au profit des deux autres. Mais dans les mentalités médiévales, la perception de cette organisation trinitaire est beaucoup plus complexe.

L'obsession de l'enfer qui habite chaque individu, du plus puissant au plus modeste, laisse entrevoir une tout autre lecture de ce schéma. Dans un monde hanté par l'idée du salut de l'âme, si les *oratores* échouent dans leur mission, ils seront certainement plus lourdement sanctionnés que les autres au moment du Jugement dernier, puisque l'homme d'Église se doit d'être irréprochable. Les *bellatores*, par la guerre et les excès qu'elle engendre, s'exposent eux aussi à une damnation certaine, car on ne tue pas impunément. Lors de leur comparution devant l'Éternel, eux aussi risquent gros. En définitive, ce sont les *laboratores* qui apparaissent les mieux placés sur la voie du salut. Le système inégalitaire apparaît de fait beaucoup plus acceptable. Un autre regard sur l'appréciation des trois ordres est alors possible.

Nous savons aujourd'hui que cette répartition en trois ordres voulus par Dieu s'estompera dans les conflits de classes nés des enjeux économiques apparus à la fin du Moyen Âge. Mais le clergé, la noblesse et le tiers état, qui constituent le socle identitaire de l'Ancien Régime avant de disparaître dans la tourmente de 1789, apparaissent pourtant comme la partie visible d'un héritage médiéval qui résonne encore aujourd'hui.

Première partie

LES FAISEURS D'IMAGES

1

Entre histoire et mémoire

> L'enluminure peut nous renseigner sur
> notre passé culturel de bien des manières.
> Son étude révèle souvent les origines de
> nos traditions artistiques, l'itinéraire de
> migrations des courants culturels…
> L'enluminure peut encore éclairer quel-
> ques aspects de notre histoire, laissés
> dans l'ombre par les annales.
>
> JEAN GLENISSON,
> *Le Livre au Moyen Âge.*

Traduire le Moyen Âge sans le trahir

Les mots sont souvent redoutables : c'est le cas en
histoire bien plus que dans d'autres domaines. De
l'amateur éclairé au simple curieux, le vocabulaire de

la société médiévale désoriente rapidement. Le spécialiste du Moyen Âge reprend souvent à son compte une terminologie qu'employaient les écrivains médiévaux ; ce faisant, il n'est alors compris que de ses seuls collègues historiens, se coupant volontairement ou non d'un public plus large pourtant désireux lui aussi d'apprécier une part du patrimoine médiéval. En sens inverse, vouloir traduire à tout prix avec des mots d'aujourd'hui la réalité et le vocabulaire des temps médiévaux entraîne bien souvent le vulgarisateur à de fréquentes erreurs d'anachronisme. La voie de la transmission est donc étroite...

L'image n'échappe pas elle aussi à ce devoir de nuance, sinon de précaution, pour celui qui souhaite l'interroger afin de l'étudier ou, plus simplement, d'observer et d'apprécier grâce à elle l'univers médiéval. Ainsi pour toute image, son auteur et son destinataire, sa date, son lieu, son support et les outils de sa réalisation, constituent autant d'éléments essentiels avant de se lancer dans une éventuelle compréhension du document. Cependant, en réalité, il est souvent très rare de pouvoir disposer de la totalité de ces informations.

Au Moyen Âge, le statut et les fonctions sociales du vocabulaire et de la peinture n'alimentaient aucune discussion philosophique, si ce n'est dans le cercle très restreint d'une élite intellectuelle qui réfléchissait à l'art et la manière de diffuser un message sinon politique, du moins religieux, à l'attention d'une société dont la soif de culture n'était pas la préoccupation première. D'autres priorités, bien plus matérielles et vitales, guidaient les attitudes et les comportements du peuple médiéval.

Une question de vocabulaire

Il faut préciser ensuite le sens des mots sollicités pour qualifier les images réalisées au Moyen Âge. Ainsi, exemple le plus significatif d'une confusion encore présente actuellement, on considère aujourd'hui comme synonymes les mots miniature et enluminure, qui sont pourtant porteurs de deux significations relativement différentes. Nombreux sont les livres à destination du grand public où ces deux termes sont pareillement utilisés pour définir toute peinture à format réduit réalisée au Moyen Âge. Le XIXᵉ siècle est pour beaucoup dans la confusion de ces deux mots. C'est l'époque où le terme même de miniature désigne officiellement toute lettrine peinte en *minium* (la couleur rouge, d'où le mot miniature). Rapidement la miniature sert à nommer toute l'ornementation des manuscrits médiévaux et, par un effet d'extension abusive, le mot évoque alors tous les portraits et toutes les scènes. Afin de dissocier deux réalités assez proches, il est désormais fréquent de réserver le terme d'enluminure à la seule peinture des manuscrits, le terme de miniature dépassant trop le cadre chronologique du Moyen Âge. L'enluminure est donc initialement un décor réalisé à la main, peint ou dessiné, destiné à décorer ou illustrer un texte manuscrit et, surtout, à y mettre de la beauté et de la lumière (« enluminer »). C'est dire si cet art et les artistes qui lui sont associés sont intimement liés à l'art du livre et à son évolution. Ainsi dans le *scriptorium* du monastère, le moine copiste, le *scriptor*, et le moine enlumineur, le *pictor*, sont réunis autour du même projet et du même amour portés au livre. L'enluminure médiévale évoque plusieurs réalités : les compositions calligraphiques, les lettres et les initiales ornées, mais aussi et surtout ces merveilleux portraits et scènes que l'on retrouve encadrés au bas d'un texte, insérés entre deux paragraphes, rejetés en marge ou bien, signe d'une évolution certaine et d'une reconnaissance implicite, occupant une pleine page. Ce sont donc ces enluminures qui vont nous servir de guide privilégié pour effectuer ce voyage dans le Moyen Âge.

LES HUIT COULEURS DE L'ENLUMINURE

Huit couleurs sont nécessaires pour l'enluminure : le Noir, le Blanc, le Rouge, le Glauque, le Bleu, le Violet, le Vert et le Rose. Ces couleurs sont fournies soit par la nature, soit par la fabrication. Le Noir se prend dans la terre noire ou dans la pierre. Il se fabrique avec des sarments de vigne ou des bois carbonisés, de la fumée des chandelles ou de la cire, ou de l'huile sépia recueillie dans un bassin ou bien encore dans une écuelle en verre. Le Blanc se fait avec le plomb ou céruse, ou des ossements d'animaux brûlés. Le Rouge est extrait d'une terre rouge appelée macra ; celui qu'on appelle minium se fait avec le plomb. Le Glauque est issu d'une terre jaune nommée orpiment, de l'orfin, du safran ; on le fait aussi avec la racine du curcuma, ou avec l'herbe à foulon et à céruse ; celui appelé giallolino est produit par la guède. Les Bleus naturels sont le bleu d'outremer et l'azur d'Allemagne ; le bleu artificiel s'obtient avec la plante qu'on nomme tournesol et qui donne également un violet. Le Vert vient de la terre ou du vert d'azur (*pierre arménienne*) ; on le tire aussi du bronze, du lis azurin (*iris*) et de certaines petites prunes. Le Rose ou la rosette, employé sur le parchemin pour tracer le contour des feuilles et le corps des lettres, se fabrique avec du brésil. Cette couleur liquide et sans corps, pour faire les ombres, se fabrique avec le même bois, mais d'une autre manière.

> *Arte illumandi*, manuscrit du XIIIe siècle
> conservé à la bibliothèque de Naples.

Les limites de l'image

Avec les enluminures et les miniatures, nous ne pouvons cependant pas prétendre évoquer l'histoire du Moyen Âge. L'histoire est une reconstruction toujours scientifique et problématique de ce qui n'est plus. Forcément incomplète, l'histoire se veut aussi une tentative de représentation du passé. Il serait donc plus sage, au sujet des images, de parler de mémoire. Une mémoire portée par des moines puis par des artistes enlumineurs, une mémoire en évolution constante, mais aussi et surtout une mémoire grande organisatrice des oublis, fussent-ils volontaires ou involontaires. À ce titre, le livre d'images du Moyen Âge restera toujours incomplet et non représentatif de la société médiévale tant sont vastes les espaces et les thèmes qui n'ont jamais été traités par les imagiers d'alors.

2

Un monopole religieux

Les moines enlumineurs

L'abbaye médiévale obéit à deux impulsions en apparence contraires mais en réalité complémentaires : renoncement au monde, action dans le monde.

Le renoncement au monde est le socle essentiel du choix monastique. Par le don de sa personne, le moine pense obtenir en échange la miséricorde divine pour le péché de ses semblables. Par ses prières et ses privations, il contribue ainsi au salut de tous les chrétiens, ses frères.

Le moine sait aussi être un homme d'action. Dans le domaine religieux, il est parfois chargé de la transmission de la foi et de sa défense. C'est le sens des prêches, des évangélisations et des missions, et c'est même la vocation officielle de sa lutte contre l'hérésie. Dans le domaine économique, les moines, grâce à l'extraordinaire ampleur de leur propriété foncière, se transforment en gestionnaires et en économes. Ils agissent également dans le secteur social, par l'aumône faite aux indigents et l'accueil assuré aux pèlerins.

Le moine est aussi un éducateur qui agit au sein des écoles monastiques avant de développer son savoir dans les premières universités nées à l'ombre des abbayes et des cathédrales. Enfin, certains moines sont de véritables artistes, dotés de talents et de compétences qui les distinguent au sein de leur communauté fraternelle. Ce don est alors mis au service de la foi. C'est ici que commence l'aventure des images et des imagiers.

Un lieu privilégié : le *scriptorium*

Du VIIe au XIIe siècle, la réalisation des manuscrits est une affaire et une activité essentiellement monastiques.

Lieu de prière, le monastère abrite aussi une salle originale, un atelier spécialisé dans l'art de fabriquer les manuscrits, plus particulièrement le livre fondamental qu'est la Bible, qu'il convient de reproduire en nombre puisque l'imprimerie n'existe pas encore. Cette mission essentielle et éminemment sacrée revêt une dimension importante, car la vocation spirituelle d'une abbaye ne peut être réduite à la seule méditation des moines, aussi noble et primordiale soit-elle.

Les religieux ont aussi pour devoir et pour mission de participer à la diffusion de leur croyance tout en veillant à une transmission fidèle de ses préceptes fondateurs. Plus que l'oral, toujours sujet à d'éventuelles transformations, l'écrit permet alors de figer à jamais des paroles, des symboles et des valeurs qu'il convient de faire rayonner dans l'espace et dans le temps. C'est tout le sens politique et spirituel du livre.

L'expression de moine copiste prend alors toute sa signification dans ce rappel : le religieux formé à la pratique de l'écriture se doit de copier et de recopier le Livre sacré autant de fois qu'il pourra. Ce moine copiste est donc fondamentalement un *scriptor*, un écrivain qui travaille dans un endroit particulier de l'abbaye, le *scriptorium*, où les parchemins sont préparés et mis en cahiers avant d'être confiés aux scribes. Le *scriptorium*, atelier de travail, est généralement en rez-de-chaussée, bien souvent avec une bibliothèque à l'étage.

Le moine copiste ne doit pas être associé pour autant à la seule multiplication de la Bible, aussi exaltante soit cette mission. Il est aussi chroniqueur, annaliste et rédacteur de chartes. En ce sens précis, il est vecteur d'histoire.

Dans certains ateliers monastiques comme ceux de Corbie, Luxeuil, Chelles, Laon, Fleury, Saint-Denis,

le Mont-Saint-Michel…, quelques moines développent plus qu'ailleurs un art d'enluminer les manuscrits, pratique apparue dès les temps mérovingiens.

Avec les débuts de la Renaissance carolingienne,
correspondant à l'essor des ateliers épiscopaux et
monastiques, nombreux sont les *scriptoria* qui se spé-
cialisent dans la réalisation de véritables œuvres d'art
en décorant les ouvrages écrits avec la minuscule dite
« caroline » (en hommage aux carolingiens).

Les manuscrits sont de plus en plus agrémentés de
décors et de peintures confiés à des moines passés
maîtres dans cet art. D'Aix-la-Chapelle à Reims, en
passant par Metz et Tours, des illustrations en pleine
page se font de plus en plus fréquentes. Les grands
ateliers d'enluminure commencent à se multiplier. La
mémoire imagée du Moyen Âge se met en place.
C'est ici qu'enluminures et miniatures se confondent
en un même projet.

Cluny et Clairvaux apportent également leurs
propres contributions, voire leur propre style. Désormais ce ne sont plus les seuls livres liturgiques qui ont
la faveur des moines enlumineurs. Lettrines fleuron-
nées, entrelacs, tableaux figuratifs remplacent partout
les décors géométriques des premiers temps. Le *scriptor* et le *pictor* se distinguent par leurs compétences
très différentes mais complémentaires ; l'image permet d'évoquer ce que le texte ne traite pas ou peu.

Au sein du *scriptorium*, le moine enlumineur a
désormais sa place attitrée, une place et un statut dif-

férents du moine copiste, mais au moins égaux quant à la considération qui y est rattachée. C'est par l'intermédiaire de toutes ces fonctions et des supports différents qu'elles impliquent, que les moines nous ont ainsi légué l'image du Moyen Âge dont nous disposons aujourd'hui.

L'essor du mécénat ou le déclin irréversible des *scriptoria*

Avec la montée en puissance des rois, des princes et de leurs cours, arrive alors le temps du mécénat qui voit s'opérer un changement important dans la localisation des lieux d'enluminure. Les ateliers cathédraux ou monastiques perdent insensiblement mais sûrement leur quasi-monopole au profit d'ateliers urbains où travaillent désormais de véritables professionnels de l'image, laïcs et non plus clercs. Ces artistes ne répondent plus à une vocation exclusivement spirituelle ; il s'agit pour eux de monnayer leur talent et de se mettre au service d'un puissant désireux de graver son portrait ou son œuvre pour l'éternité. Leur compétence est bien souvent le fruit d'un voyage formateur, élément distinctif qui les place bien souvent à un niveau technique différent, sinon supérieur, de celui des moines quant à la peinture réalisée.

Dans la plupart des cas, le moine enlumineur a

appris son art et s'est perfectionné au sein d'un seul et unique atelier d'enluminure, le même *scriptorium* qui l'a vu naître en apprentissage et le verra sans doute mourir. L'artiste des temps nouveaux, lui, est un voyageur qui entretient avec le travail une nouvelle relation basée en grande partie sur le financement du temps nécessaire à l'ouvrage ; on ne travaille plus à la gloire de Dieu mais à la gloire des hommes : la différence est de taille ! C'est le temps des *Très Riches Heures*, des *Très Grandes Heures*, des *Psautiers* vantant les vertus d'un duc de Berry ou d'une dame de Castille ; c'est aussi l'époque des romans à la gloire d'une rose ou d'un renard, romans qu'il faut impérativement illustrer. L'austérité et la sobriété des moines copistes n'ont plus cours depuis longtemps ; elles ont laissé place à de vastes scènes historiques où brillent des artistes, comme le célèbre Jean Fouquet, qui expriment un tempérament personnel et une originalité affirmée dans la composition. Avec ces nouveaux hommes qui ne sont plus des moines, l'enluminure devient une véritable concurrente de la peinture sur chevalet.

COMMENT PEINDRE
LA COULEUR DE LA PEAU HUMAINE ?

Il faut d'abord couvrir toute la surface à incarner d'une couche de terre verte étendue de beaucoup de blanc, de façon que le ton vert n'apparaisse presque pas. Ensuite, avec une combinaison de jaune, de noir, d'indigo, et de rouge à l'état liquide, on reprendra les détails du visage en ombrant partout où il le faut ; ensuite l'on éclaircira ou l'on relèvera certaines places avec du blanc légèrement teinté de vert. Après quoi, la coloration sera donnée aux endroits nécessaires avec du rouge mêlé d'un peu de blanc, et finalement toutes les nuances de la carnation seront fondues et adoucies au moyen d'une couche de blanc rosé, appliquée sur les relevés, et avec du blanc pur de préférence. Les yeux demandent du bleu et du noir. Les contours seront marqués avec du rouge, du noir, de l'indigo mêlé d'un peu de jaune. C'est à l'artiste à adapter tous ces tons.

Arte illumandi.

Déjà au XIVe siècle, ces images peintes faisaient l'objet d'un artisanat libéré de toute tutelle religieuse. À la fin du Moyen Âge, l'enluminure monastique cède définitivement la place à des images peintes ou gravées dont le commerce va être rapidement pris en charge par les colporteurs et les merciers. Aux puissants les grands artistes, au bon peuple les petites images.

La mise au point et les progrès de la gravure et de l'imprimerie marqueront le déclin irréversible des moines enlumineurs. Le temps des *scriptoria* se conjugue désormais à l'imparfait.

Les outils de l'enlumineur

LE CALAME

Nom donné au roseau taillé d'une quinzaine de centimètres environ et dont l'extrémité est écrasée. Le
calame est utilisé durant tout le Moyen Âge au même
titre que les plumes d'oiseaux. Les enlumineurs préfèrent de très loin les calames venus de Mésopotamie
en raison de leur extrême solidité.

LE COUTEAU

Outil très important pour l'enlumineur car il permet de tailler les plumes et les calames. Il peut également servir pour gratter les éventuelles erreurs.

LES PLUMES D'OISEAUX

Elles sont utilisées pour l'écriture dès le Ve siècle
avant Jésus-Christ. Dans les *scriptoria*, on utilise des
plumes venant de toutes sortes d'oiseaux : vautour,
aigle, corbeau, grue, héron, cygne et canard. La plume
d'oie est la plus recherchée pour l'écriture. Pour leur
travail de précision, les enlumineurs préfèrent la
plume située au bout des ailes de la bécasse.

LES PINCEAUX

Outre la plume de bécasse, généralement sollicitée, les enlumineurs utilisent des pinceaux faits de
poils d'oreille de bœuf et de martre.

LA PIERRE PONCE

Elle est surtout destinée à polir les éventuelles aspérités du parchemin.

LE MORTIER

Objet nécessaire à l'écrasement de certains pigments pour composer les encres et les couleurs. Tout *scriptorium* possède une collection de mortiers.

LA RÈGLE ET LE COMPAS

Outils géométriques de base utilisés pour tracer et dessiner les ébauches de la future enluminure.

LES ÉPONGES

Accessoires indispensables pour essuyer les plumes, les calames et les pinceaux. Généralement faites de chiffons de laine ou de lin, elles servent aussi à laver certaines écritures ou couleurs.

LES MIES DE PAIN

Bien fraîches, elles permettent d'effacer très efficacement.

LA DENT DE SANGLIER

Elle est très utile pour faire briller les dorures.

LES CORNES DE BŒUF

Elles se transforment en accessoires indispensables pour recueillir les encres.

LES PATTES DE LIÈVRE

Elles offrent l'avantage de pouvoir lisser soigneusement la page illustrée.

LA BROSSE PLATE

Elle est constituée de poils de ventre d'écureuil, animal qui possède un poil à fort pouvoir magnétique. Les moines passent cette brosse dans leur chevelure afin de la charger en électricité statique, après quoi ils peuvent saisir de très minces particules d'or pour les appliquer sur une image.

LES COQUILLES

Elles sont très présentes dans les *scriptoria*. Les petites coquilles Saint-Jacques permettent à l'artiste de disposer de toute sa gamme de couleurs. Généralement, le moine réalise ses mélanges de couleurs grâce à des coquilles de moule qu'il tient entre le pouce et l'index de sa main.

LES FILTRES EN TISSU

Fabriqués généralement en forme conique, le *scriptorium* en consomme une grande quantité pour passer les couleurs et les clarifier si nécessaire.

Deuxième partie

LES *ORATORES*, CEUX QUI PRIENT

Aux clercs, Dieu ordonne d'enseigner à garder la vraie foi, et de plonger dans l'eau sainte du baptême ceux qu'ils ont instruits.

Ils doivent prier sans cesse pour les misères du peuple et pour les leurs.

ADALBÉRON DE LAON

1

Au service de Dieu
pour le salut des hommes

Quand le Fils de l'homme viendra dans sa gloire, accompagné de tous les anges, alors il siégera sur son trône de gloire. Devant lui seront rassemblées toutes les nations, et il séparera les gens les uns des autres, tout comme le berger sépare les brebis des chèvres. Il placera les brebis à sa droite, les chèvres à sa gauche. [...] Et ils s'en iront, ceux-ci au châtiment éternel, et les justes à la vie éternelle.

Évangile de MATTHIEU, 25,31-33 et 46.

De la crainte du Jugement dernier

Pour l'Église médiévale, il existe deux mondes après la mort : le paradis, avec Jésus, l'enfer, avec le

diable. Sur ces deux thèmes, les manuscrits médiévaux offrent quantité d'images décrivant, avec force
détails, le décor de ces deux endroits désormais symboliques pour nous, hommes du XXIe siècle, mais bien
réels et chargés d'espoir ou de crainte pour tous les
hommes du Moyen Âge.

Durant sa vie sur terre, le chrétien doit tenter de
mériter le paradis avec l'aide des clercs et grâce à la
bienveillance des saints, d'où l'importance du culte
des reliques. Chacun croit qu'à la fin des temps – la
notion de temps au Moyen Âge est bien différente de
la nôtre – Jésus reviendra sur terre pour juger les
vivants et les morts; c'est le Jugement dernier que
l'on retrouve fréquemment dans les enluminures mais
également dans les images fixées sur la pierre ou dans
le verre des cathédrales.

Cette obsession du Jugement dernier est primordiale pour quiconque souhaite apprécier les mentalités
de l'époque médiévale, quelles que soient les strates
de la société d'alors. Si les bonnes actions l'em-
portent, l'âme ira au paradis; dans le cas contraire,
c'est la damnation tant redoutée, avec comme destination un espace qui lui est associé : l'enfer, omnipré-
sent dans l'imaginaire médiéval.

Le Jugement dernier

Dès le début du Moyen Âge, l'aristocratie laïque comme la petite paysannerie vit dans la crainte de la mort. Qu'il soit pauvre ou riche, le mourant tient à s'assurer du salut de son âme. C'est surtout le cas dans le haut Moyen Âge où la croyance au pouvoir salvateur du legs pieux engendre des comportements dictés par une peur panique non pas de la mort elle-même, mais de la mort seconde, c'est-à-dire la damnation éternelle. Cette crainte de la mort et du Jugement dernier fait la fortune du clergé. Du petit lopin de terre donné par le pauvre paysan jusqu'au domaine entier offert par le seigneur, la donation mortuaire ne cesse d'être présente. Elle explique la formation d'un immense patrimoine foncier et d'une colossale richesse mobilière de l'Église médiévale.

La peur d'être jugé après sa mort

Tout chrétien est persuadé que, au moment de sa mort, un bilan de sa vie terrestre est effectué sinon par Dieu lui-même, du moins par l'un de ses représentants célestes. Après le verdict symbolisé par la balance, le paradis ou l'enfer attend le défunt. L'apparition

puis la diffusion du concept de purgatoire date du
XIIe siècle.

Le Christ juge

L'Église s'adresse à un peuple qui ne sait ni lire ni
écrire par des images gravées dans la pierre des
abbayes et des cathédrales, où est montré aux yeux de
tous le Christ juge qui sépare, à la fin du monde, les
bons et les méchants.

Les miniatures et les enluminures reprennent elles
aussi cette thématique du Jugement dernier où la résurrection est promise aux morts qui ont vécu en bons
chrétiens tandis que les mauvais sont condamnés à un
enfer de flammes et de démons fourchus et cornus.

Au Dieu bienveillant envers les justes répond
symboliquement Satan, qui va pénétrer durablement
l'imaginaire populaire.

LA CRAINTE DE LA MORT

Quand le baron se gisait en son lit
Et qu'il avait grande peur de mourir,
Ne regardait son frère ni son fils ;
Femme ni enfant n'entendait rien de lui.
Presque tous biens laissait à Jésus-Christ
Donnait la terre et rentes et moulins ;

N'en avait rien la fille ni le fils.
Par cela fut le monde appauvri
Et le clergé en fut très enrichi.

GARIN LE LORRAIN

Vivre en bon chrétien

L'homme du Moyen Âge poursuit donc un objectif prioritaire : gagner le paradis (ou du moins éviter l'enfer). Pour cela, l'Église lui trace une voie à respecter impérativement ; le bon chrétien doit faire la charité, suivre une morale comportementale et, surtout, obéir aux commandements essentiels : prier Dieu, assister à la messe, jeûner pendant le Carême. Mais le pardon des fautes peut également être obtenu par les dons faits à l'Église. Cette pratique du don (matériel) contre un autre don (le pardon, le salut) engendrera bien des abus chez les dignitaires ecclésiastiques, et une dérive qui constituera bien plus tard le socle fondateur du protestantisme.

Mais le salut de l'âme, en dépit d'une vie quotidienne difficilement exempte de reproches, peut cependant être obtenu par d'autres moyens…

L'acte de pèlerinage

Partir en pèlerinage consiste à se mettre en route vers un lieu sacré, un lieu de dévotion, avec le ferme espoir d'obtenir une grâce divine. Beaucoup de chroniques, de livres, de poèmes et d'enluminures qui nous sont parvenus témoignent de l'importance du pèlerinage au Moyen Âge.

Partir en pèlerinage c'est aussi affirmer et afficher sa foi en mettant ses pas dans les pas de Dieu. Loin d'être un acte obligatoire pour le chrétien, le pèlerinage reste fondamentalement une décision volontaire et délibérée où la destination et les modalités du voyage n'appartiennent en définitive qu'au seul pèlerin. Le pèlerinage est donc un moyen supplémentaire de gagner sa place au paradis, même si ses portes ne sont toutefois pas fermées au futur défunt qui n'en aurait pas accompli.

Les raisons du pèlerinage ne sont pas les mêmes pour tous. La forme la plus méritoire consiste à entreprendre une pratique ascétique. S'inspirant du Christ, le pèlerin renonce alors provisoirement au monde pour aller vénérer un martyr, un saint, ou du moins les reliques qui attestent de son existence passée et de sa bienveillance à venir. Guidé par sa foi et la recherche de son salut, le voyageur s'inflige des épreuves très pénibles comme, bien souvent, le voyage pieds nus.

Mais plus fréquemment, l'homme du Moyen Âge effectue son pèlerinage pour solliciter un miracle, une intervention divine pour obtenir une guérison, gagner une faveur, effacer des péchés et faire pénitence.

Le culte des reliques

Le Moyen Âge voit se développer un peu partout de nombreux monastères qui vont être à l'origine de la diffusion des *Vies* des saints, des *Légendaires* et autres *Recueils de miracles*. Tous ces ouvrages copiés et enluminés par des moines souvent talentueux ont vocation de propagande en faveur de la dévotion aux corps saints.

Le culte des reliques est sans conteste l'élément le plus caractéristique de la dévotion du Moyen Âge. C'est dans ce contexte de miracles et de prodiges nés des reliques que sont édifiées de nombreuses églises de pèlerinage plus ou moins célèbres.

Les reliques deviennent rapidement le pôle d'attraction des lieux saints. Enfermées dans des reliquaires, elles sont dépositaires de la renommée spirituelle de l'abbaye, du monastère ou de la cathédrale. Elles sont aussi et surtout garantes de dons conséquents apportés par les pèlerins.

On peut observer une véritable hiérarchie dans le classement et la vénération des reliques. Certaines sont bien évidemment plus prisées que d'autres : celles du Christ, de la croix ou du tombeau, des martyrs antiques, des saints vénérés localement, ou encore celles de la Vierge, sont parmi les plus populaires. Mais trois destinations s'imposent au peuple à différents moments du Moyen Âge : le Saint-Sépulcre en Terre sainte, le tombeau de saint Pierre à Rome et, enfin, le tombeau de saint Jacques à Compostelle.

LES RELIQUES DE SAINT MARTIN DE TOURS

La châsse où les précieux restes reposent auprès de la ville de Tours resplendit d'une profusion d'or, d'argent et de pierres précieuses, elle est illustrée par de fréquents miracles. Au-dessus, une immense et vénérable basilique a été élevée en son honneur… Les malades y viennent et y sont guéris, les possédés sont délivrés, les aveugles voient, les boiteux se redressent et tous les genres de maladie sont guéris. C'est pourquoi la renommée de sa gloire est répandue partout.

Guide du pèlerin de Saint-Jacques, vers 1139.

Saint Jacques de Compostelle

Saint Jacques le Majeur, apôtre du Christ, fut décapité vers 41-44 après Jésus-Christ. Après son martyre à Jérusalem, ses disciples placèrent son corps dans une barque, qui, une semaine plus tard, aborda sur les rives de Galice, en Espagne. Suite aux persécutions des chrétiens, l'emplacement de sa tombe sombra dans l'oubli jusqu'à ce qu'un ermite nommé Pélage la retrouve miraculeusement au début du IXe siècle.

L'ermite aurait été averti de la présence du corps par un ange, alors que, au même moment, les fidèles de l'église de San Félix étaient également interpellés par des lueurs divines.

L'évêque d'alors, après avoir vérifié l'authenticité de la révélation, mena les fidèles à l'endroit indiqué par l'ermite et fit immédiatement lever trois églises, avec l'accord et le soutien financier du roi Alphonse II.

Saint Jacques se transforma rapidement en symbole et protecteur de l'Espagne chrétienne en lutte contre l'Islam. « Santiago ! » devint même le cri de ralliement de tous les chrétiens en lutte contre les musulmans.

Très logiquement, les premières représentations imagées présentent saint Jacques sous les traits d'un chevalier luttant contre les musulmans, d'où son surnom de matamore, littéralement, celui qui tue les Maures. Saint Jacques apparaît dès lors comme le chef spirituel de la Reconquête espagnole.

La découverte de son corps dans cette région isolée entraîne rapidement la venue d'une foule de pèlerins qui va engendrer l'émergence d'une ville conçue et organisée dès le départ autour du mausolée : le chemin de Compostelle est né.

Le grand chemin

Plus que tout autre pèlerinage, celui de Compostelle revêt une dimension particulière tant est grande
la place qu'il occupe dans les pratiques religieuses
médiévales. L'histoire de l'apôtre Jacques (ou plutôt
sa légende) n'a jamais cessé de fasciner la Chrétienté.

Le *Guide du pèlerin de Saint-Jacques*, extrait du
livre V du *Codex Calixtinus*, publié vers 1139, est
l'ouvrage essentiel qui permet d'apprécier au mieux le
statut et les fonctions de ce pèlerinage. Après avoir
présenté les quatre chemins qui mènent à Compostelle, l'auteur détaille les principales étapes du voyage,
citant le nom des grandes villes traversées, les mentalités de leurs habitants, les hospices qu'on peut y trouver, décrivant enfin les caractéristiques de la ville de
Galice et de la basilique de l'apôtre. Tout est détaillé,
expliqué et commenté de telle manière que le pèlerin
puisse choisir l'itinéraire à emprunter. De nombreuses
enluminures complètent l'information, contribuant
ainsi à mettre en place un imaginaire de plus en plus
riche autour d'un pèlerinage appelé à obtenir un écho
considérable.

À partir du XIIIe siècle, l'iconographie de saint Jacques évolue : l'apôtre des premiers temps, auréolé de
gloire, apparaît sous les traits d'un simple pèlerin. Le
temps est désormais à la simplicité, la modestie et la

pénitence. Habillé d'un long manteau au nom évocateur, la pèlerine, protégé par un capuchon et coiffé d'un chapeau à larges bords, le voyageur est équipé d'une canne de marche – le bourdon – et porte la coquille qui va devenir rapidement le symbole commun à tous les pèlerins.

2

Une institution
fortement hiérarchisée

Un encadrement important

Même s'il est toujours hasardeux d'avancer des chiffres pour évoquer le Moyen Âge, la communauté scientifique est désormais unanime pour préciser et quantifier la réelle représentativité des clercs au sein de la société médiévale. Au XIIIe siècle, les hommes de Dieu constituent alors 5 % de la population, ce qui est énorme.

La grande difficulté de lecture du schéma religieux au Moyen Âge vient du fait qu'il est multiple, complexe et en mutation incessante. Plusieurs tentatives de classement ont essayé de proposer une lecture globale, sinon unique, de la question religieuse mais, à ce jour, aucune ne s'est véritablement imposée aux autres. Ici encore, il est question de vocabulaire.

Les religieux sont d'abord des clercs, mot servant

à les distinguer, au même titre que leurs habits, de tous les autres, les laïcs qui n'ont pas fait le choix de servir Dieu durant leur vie sur terre.

Homme ayant choisi le célibat, le clerc possède son propre statut juridique qui le dispense de relever de la justice civile. Une hiérarchie très stricte constitue l'architecture de l'Église médiévale : sous l'autorité du pape, évêques, abbés, chanoines, prêtres, curés et vicaires se partagent un espace spirituel et temporel dont les maillages officiels se nomment diocèses, paroisses et monastères.

Au sommet, le pape

L'évêque de Rome s'impose rapidement comme le personnage le plus important de l'Église. Mais jusqu'au XIe siècle, il devra lutter sans cesse pour affirmer son autorité face aux laïcs puissants, en particulier les rois, qui, comme en France, nomment eux-mêmes leurs protégés à la tête des abbayes et des monastères, sans compter le rôle bien souvent décisif qu'ils tiennent – ouvertement ou discrètement – lors de l'élection du nouvel évêque de Rome.

Il faut donc attendre le XIIe siècle pour observer l'institution papale imposer son pouvoir aux laïcs. Innocent III, après la longue querelle des Investitures, est un des premiers papes à asseoir le prestige du pouvoir pontifical. Désormais, les enluminures présentent le pape comme le souverain spirituel et temporel au-dessus de toutes les autres têtes couronnées. Avec l'excommunication, le pape possède en outre une arme redoutable et redoutée. Représentant de Dieu sur terre, le souverain pontife se veut à présent le repère majeur, sinon unique, de la Chrétienté occidentale.

LE PAPE ET LES ROIS

Le vicaire de Jésus-Christ possède à la fois les clés du ciel et le gouvernement de la terre… Nous sommes établis par Dieu au-dessus des peuples et des royaumes. Rien de ce qui se passe dans l'univers ne doit échapper à l'attention et au contrôle du souverain pontife. Dieu, créateur du monde, a mis au firmament deux grands astres pour l'éclairer : le Soleil qui pré-side aux jours, la Lune qui commande aux nuits. De même, dans le firmament de l'Église universelle, il a institué deux hautes dignités : la papauté qui règne sur les âmes et la royauté qui domine les corps. Mais la première est très supérieure à la seconde. Comme la Lune reçoit sa lumière du Soleil, qui l'emporte de beaucoup sur elle par la quantité et la qualité de son rayonnement, ainsi le pouvoir royal tire tout son éclat et son prestige du pouvoir pontifical.

INNOCENT III (pape de 1198 à 1216).

L'évêque, homme de pouvoir

Le statut et les fonctions sociales et spirituelles de l'évêque ont profondément évolué tout au long des mille ans qui caractérisent officiellement le Moyen Âge. Au chef religieux et charismatique des premiers temps a succédé un homme rassembleur, protecteur, administrateur, tenant le rôle et assurant les fonctions du pouvoir civil lorsque celui-ci est défaillant ou absent. Son pouvoir grandissant, le poste d'évêque est devenu un enjeu politique essentiel, parfois un lieu d'affrontement symbolique entre deux pouvoirs, celui du pape et celui d'un roi désirant maîtriser toutes les affaires en son royaume. La querelle des Investitures (1075-1122) entre rois et papes pour nommer les religieux aux postes d'abbés et d'évêques constitue le témoignage le plus fort de ces conflits d'influences et d'intérêts.

L'évêque est aussi le personnage central qui tient avant tout un rôle majeur dans l'explosion architecturale caractérisant les XIIIe et XIVe siècles ; c'est lui qui commande les travaux et, surtout, c'est à sa personne que revient généralement la lourde charge de trouver le financement nécessaire à l'ouvrage désiré.

À partir du XIVe siècle, les enluminures insistent volontiers sur le rôle de l'évêque comme maître d'ouvrage de la nouvelle cathédrale à agrandir. Inspectant le chantier, à défaut de le diriger comme ce fut le cas dans les premiers temps, il est souvent représenté aux côtés du maître d'œuvre qu'il a lui-même choisi. La cathédrale est son église particulière, symbole de son autorité religieuse.

Nombreuses sont également les images mettant en scène l'évêque qui baptise, qui bénit la foire de sa cité, encourage l'armée qui part au combat, ou bien, comme à Venise, qui remet au doge de la ville l'épée de commandement. L'évêque est ainsi devenu l'élément organisateur de la société urbaine autour duquel se définissent les autres acteurs de la société médiévale.

Témoignages indirects de l'action de l'évêque dans son diocèse et dans la cité, les enluminures et les miniatures illustrent de plus en plus le pouvoir temporel d'un dignitaire religieux qui, progressivement, place au second plan sa mission spirituelle.

Le curé, homme de proximité

Face à un évêque de plus en plus absorbé par une politique de prestige au sein de son diocèse et de sa ville, le curé apparaît rapidement comme un représentant de Dieu bien plus accessible.

Homme d'origine modeste, le curé est connu dans toute sa paroisse. Certes, sa culture religieuse est bien

souvent superficielle et ses mœurs parfois criti-
quables, mais c'est lui qui, généralement, n'hésite pas
à défendre les membres de sa paroisse dans les pro-
cès qui peuvent les opposer au seigneur local. C'est
d'ailleurs pour cette raison que la dîme (le dixième des
productions), impôt qui assure ses moyens de subsistance, est globalement payée par les plus humbles sans
trop de réticences, même si cette contribution finan-
cière reste toujours mal vécue et mal perçue par une
population en situation de grande pauvreté.

Ainsi, le curé et la paroisse demeurent les deux
piliers majeurs, les références essentielles du peuple
chrétien médiéval, un peuple constitué majoritaire-
ment de modestes, de faibles et d'humbles.

Si le haut clergé symbolisé par l'évêque s'éloigne
de plus en plus du peuple, le bas clergé, lui, saura
toujours maintenir ce lien avec les petites gens, en
dépit d'un encadrement religieux d'un niveau souvent
bien médiocre.

3

L'importance
du fait monastique

Une autre manière de servir Dieu

Le monachisme occupe au Moyen Âge une place exceptionnelle car nulle autre époque n'a connu une telle influence des moines dans la société.

Littéralement, les moines sont des hommes (les femmes étant des moniales) qui s'isolent volontairement du monde afin de se consacrer pleinement au service de Dieu. Le mot moine vient du grec *monakhos* qui signifie solitaire. Il convient de parler d'érémitisme lorsqu'il s'agit d'un isolement vécu individuellement, et de cénobitisme lorsque l'isolement est pratiqué au sein d'une communauté fraternelle. Ces deux expressions constituent les entrées principales et incontournables de la lecture historique du fait monastique médiéval.

L'histoire du monachisme médiéval se décline en

plusieurs grandes périodes. La première se situe du
Ve au VIIIe siècle, où trois courants principaux se mani-
festent quasi simultanément. À côté d'un monachisme
puisant ses sources dans un modèle oriental (ascèse et
prières), se développe un modèle irlandais autour de
la figure emblématique de saint Colomban. Ce dernier
place la *peregrinatio* (le voyage en terre étrangère) en
clef de voûte de la démarche monastique ; ainsi
s'explique la multiplication des fondations. Saint
Benoît de Nursie est à la source de la troisième sensibilité avec la diffusion de sa règle, rédigée en 534 au
mont Cassin, base qui va constituer pendant longtemps le fondement majeur de tout l'édifice monastique de l'Occident chrétien.

La règle de saint Benoît accorde une égale importance à la prière, au chant et à la méditation. Le travail manuel est également honoré ; les moines sont
invités, en fonction de leurs capacités et de leurs compétences, à travailler la terre, à faire de l'artisanat ou
à copier et enluminer les manuscrits dans le *scriptorium*, sauvant ainsi l'essentiel de la littérature et des
connaissances antiques.

Du début du IXe au début du XIIIe siècle, l'apogée
du mouvement monastique va marquer profondément
la vie religieuse médiévale. L'essor de Cluny (fondée
en 909), le rayonnement de Cîteaux (fondée en 1098)
dû au prestige de saint Bernard laisse croire un temps
à un véritable monopole d'une certaine sensibilité de
vie monastique, mais les rivalités et les critiques entre

moines noirs (Cluny) et moines blancs (Cîteaux) installent un début de discrédit auprès de l'opinion publique.

Ainsi, la diffusion du modèle bénédictin est rapidement remise en question par de nouvelles formes de vie monastique (Chartreux, Prémontrés…) qui souhaitent réformer l'institution ou bien, à l'image des templiers et des hospitaliers, qui désirent plutôt associer idéal monastique et idéal chevaleresque. Le Moyen Âge n'est qu'incessante transformation…

De la querelle entre moines blancs et moines noirs

Une vive controverse entre Cîteaux et Cluny va naître vers le milieu du XIIe siècle. La couleur de leur bure est le parfait symbole d'une opposition manichéenne qui devient de plus en plus virulente. Cluny dénonce l'arrogance et la vanité des moines blancs de Cîteaux, tandis que ces derniers s'indignent du luxe affiché par les moines noirs clunisiens, à qui ils reprochent en outre un relâchement des mœurs. La polémique restera célèbre dans l'histoire.

Les ordres mendiants

La première moitié du XIIIᵉ siècle, marquée par la montée en puissance des hérésies, est synonyme d'une nouvelle et profonde remise en cause de l'institution monastique condamnée à se reconvertir ou à disparaître : c'est ici que se situe l'émergence des ordres mendiants légalisés par les papes Innocent III et Honorius III.

Les ordres mendiants sont directement issus de l'œuvre de saint Dominique et de saint François d'Assise. Ils rejettent tous les errements (pour ne pas dire les erreurs) du mouvement monastique traditionnel. De ce dernier ils ne veulent conserver que la charité, l'humilité et la pénitence ainsi que la pratique d'un sentiment communautaire.

Mais la spécificité de ces ordres mendiants est d'abord et surtout urbaine. Leur vocation est de s'installer à proximité des laïcs et non plus de se retirer dans des lieux trop éloignés des premières concentrations de population. Les ordres mendiants comprennent les frères prêcheurs (Dominicains) et les frères mineurs (Franciscains).

Par essence, leurs règles excluent l'isolement, principe fondateur du système monastique, car ces nouveaux types de moines souhaitent agir à l'extérieur de leurs monastères en allant au contact de la société.

Les Dominicains n'hésitent pas à accepter des missions d'enseignement ou des postes d'inquisiteurs, mais leur vocation religieuse repose initialement sur la pauvreté qui reste cependant pour eux plus un moyen qu'une fin.

Les Franciscains axent leur démarche sur l'imitation de la vie apostolique autour d'une triple exigence : humilité, pauvreté et prière.

Dominicaines et Clarisses sont la réplique féminine de ces deux grands ordres mendiants que sont les Dominicains et les Franciscains. Les Carmes (1247) et les Ermites de saint Augustin (1256) viendront par la suite compléter la grande famille des mendiants.

Réguliers ou séculiers, la genèse d'un conflit

Les ordres mendiants posent rapidement un problème nouveau. Si, dans les premiers temps, leur présence est appréciée et encouragée par le clergé séculier qui se félicite de cette aide dans l'encadrement des populations urbaines, les relations entre les deux clergés vont progressivement se dégrader.

Réguliers et séculiers se disputent désormais des compétences dans des secteurs importants : qui peut et qui doit administrer les sacrements ? Qui possède le droit de sépulture ?... À l'image de l'enseignement, ces rivalités s'étendent dans des domaines aux enjeux très divers.

La richesse issue des aumônes des fidèles entraîne aussi un paradoxe difficile à gérer tant sur le plan philosophique que du point de vue administratif. Ces ordres mendiants, prônant l'indigence comme ligne directrice, se retrouvent rapidement à la tête de véritables fortunes. L'idéal de pauvreté croise alors les avantages liés à la fortune : cette rencontre ne se fera pas sans conséquences.

LES DEGRÉS
DANS L'AMOUR DE DIEU

Au début, l'homme s'aime lui-même pour lui-même ; car il est chair et ne prend goût à rien qui le dépasse. Puis il constate qu'il ne peut subsister par soi seul ; il commence alors à chercher Dieu par la foi et à l'aimer, comprenant qu'il lui est nécessaire. Dans ce second degré, il aime donc Dieu par amour de soi et non par amour de lui. Cependant, une fois que, par intérêt, il a commencé à le vénérer et à s'approcher de lui par la pensée, la lecture, l'oraison et l'obéissance, il entre en quelque sorte dans sa familiarité : peu à peu, insensiblement, Dieu se fait connaître et, en conséquence, communique la douceur de sa présence ; mais en goûtant ainsi au plaisir d'approcher Dieu, on passe au troisième degré, qui consiste à ne plus aimer Dieu pour soi, mais pour lui-même. Il est vrai que l'on demeure longtemps à ce stade, et je ne sais trop si aucun homme n'a jamais pu atteindre, en cette vie, au quatrième degré, celui où l'on parvient à ne plus s'aimer soi-même que pour l'amour de Dieu.

SAINT BERNARD,
Du traité de l'amour de Dieu.

La vie quotidienne dans une abbaye

À partir du Ve siècle, les premières abbayes sont fondées dans des endroits isolés afin de proposer aux moines une vie retranchée du monde, facilitant ainsi la prière et le travail.

Un havre de paix et de méditation

Au milieu des tourments qui secouent le Moyen Âge, le monastère apparaît rapidement comme un espace de sérénité intérieure. Gouverné par un abbé ou une abbesse, il semble vivre en autarcie, échappant ainsi au contrôle de la société.

Le temps du moine est organisé autour de la prière. Toutes les trois heures, huit fois par jour, il se rend aux offices. Le reste du temps est consacré à la lecture, la méditation, l'enseignement aux novices et à

toutes les tâches matérielles nécessaires au bon fonctionnement du monastère.

Les activités des moines

On peut globalement distinguer cinq pôles majeurs
autour desquels s'organise généralement la vie quotidienne des moines.

L'église abbatiale abrite le centre religieux, espace
spirituel par excellence. Les offices et les messes
exigent régulièrement la présence de tous.

Le cloître est le second élément autour duquel sont
disposés les divers ensembles nécessaires à la vie en
communauté (salle capitulaire, parloir, chauffoir, dortoir, réfectoire, cellier, toilettes). Autour du cloître, les
moines se promènent, méditent ou lisent.

Les plus instruits de la communauté se retrouvent
dans le centre intellectuel qui regroupe l'école, la
bibliothèque et le *scriptorium*. Les plus talentueux
deviennent *pictor* ou *scriptor*.

Le centre d'accueil est un autre lieu très important ;
c'est là que les moines peuvent recevoir les voyageurs, pèlerins ou simples passants qui demandent
l'hospitalité.

Enfin, le centre de production est l'endroit straté-
gique de l'abbaye. Sans lui, les moines ne peuvent
vivre ou survivre. Selon les lieux et les climats, les
moines produisent du vin, élèvent des animaux,

fabriquent des fromages ou des liqueurs aux vertus plus ou moins thérapeutiques. Cette activité économique a pour but de subvenir aux besoins matériels de la fraternité monastique, à l'entretien des édifices et aux devoirs d'assistance et de charité.

LE TRAVAIL MANUEL

Les moines de notre ordre doivent tirer leur subsistance du travail de leurs mains, de la culture des terres et de l'élevage des troupeaux. Dès lors, il nous est permis de posséder pour notre usage personnel des étangs, des forêts, des vignes, des pâturages, des terrains…

Règle n° 15 des statuts de l'ordre
de Cîteaux, 1119.

Nous vous invitons et engageons dans le Seigneur Jésus Christ à travailler dans le calme et à manger le pain que vous aurez vous-même gagné.

Deuxième Épître aux Thessaloniciens 3,12.

4

L'Église au service de l'homme

Prendre en charge les malades et les infirmes

Ceux qui prient sont également ceux qui soignent. À cet effet, l'Église possède des hôpitaux dont elle assure le fonctionnement par l'intermédiaire de la dîme mais aussi et surtout par les dons émanant des bourgeois et des nobles, désireux de s'attirer les faveurs divines par ces élans de charité.

Les premiers hôpitaux accueillent vieillards, orphelins, voyageurs et malades. Pour soigner, les religieux utilisent les nombreux manuels de médecine écrits dans l'Antiquité, recopiés, annotés et enluminés par les moines.

Le maillage de l'espace médiéval est très pertinent. En dehors des cités, les lieux d'hospitalité sont savamment répartis. Routes de pèlerinage, routes des croisades, routes des foires... Le monde rural, grâce à l'Église, offre des haltes et des services appréciés par tous les pieds poudreux, surnom réservé à cette multitude de voyageurs, riches ou pauvres, d'un monde médiéval trop longtemps cloisonné dans des clichés d'immobilisme.

L'espace urbain possède lui aussi son propre lieu d'hospitalité. Et c'est encore là l'évêque qui se trouve à l'origine du premier centre hospitalier présent dans toute ville digne de ce nom. Avec l'hôtel-Dieu, le quartier cathédral permet ainsi aux plus humbles de bénéficier de soins entièrement financés par les fonds épiscopaux.

La pratique de la médecine

Contrairement à celles de l'Orient byzantin, judéo-islamique et asiatique, la médecine de l'Europe occidentale, sous le contrôle étroit et sévère des autorités religieuses, demeure le domaine réservé des clercs jusqu'au XIIe siècle. Il faut attendre l'apport universitaire de Bologne, Padoue et Montpellier pour observer un changement radical dans les attitudes et les mentalités.

L'apport des chirurgiens

Fondée en 1253, la faculté de médecine de Paris reste hostile à toute innovation en raison de sa soumission à l'autorité religieuse et au dogmatisme d'un enseignement très traditionnel. Il faut attendre les grandes épidémies de peste pour observer quelques chirurgiens courageux se risquer dans des dissections anatomiques en dépit de l'hostilité de l'Église. Les chirurgiens, contrairement à ceux d'aujourd'hui, sont considérés comme des hommes exerçant un métier de seconde catégorie. Ils jouissent de statuts équivalents à ceux des barbiers et sont méprisés par les docteurs de la faculté. Leur seul recours est de se regrouper en une corporation qui a du mal à se faire reconnaître. Ce sont eux, pourtant, qui vont révolutionner la connaissance du corps humain.

Du diagnostic à la thérapie

Bien souvent le diagnostic du médecin repose sur l'état fiévreux du malade, l'étude de son pouls, l'aspect de la langue et l'examen des urines.

Il prescrit généralement des préparations végétales, des drogues qualifiées parfois de magiques, des saignées, des cautérisations… Le recours aux saints protecteurs et guérisseurs tout comme la pratique des écrouelles royales s'inscrivent dans un univers mental où la superstition occupe une place importante.

Les premières lueurs de la Renaissance

Bravant les interdits de l'Église, les premiers anatomistes, formés pour la plupart dans les écoles italiennes, vont s'attacher à étudier le corps humain par la dissection de cadavres. Sa structure interne, son fonctionnement sont les nouveaux sujets d'étude. Cette véritable insurrection contre la tradition est à la base de la médecine scientifique.

Enseigner et former les élites

Ceux qui prient sont aussi ceux qui enseignent. Au début du Moyen Âge, les premières écoles sont abritées dans les monastères. Elles sont fréquentées par les futurs moines et quelques jeunes nobles. Il est de coutume de voyager de monastère en monastère pour parfaire ses connaissances ; déjà des réputations s'installent autour de quelques maîtres qui se distinguent par un enseignement de qualité. Mais, à partir du XIIᵉ siècle, les villes prennent le relais des monastères. L'enseignement devient souvent un enjeu de suprématie entre abbés et évêques qui se disputent une répartition subtile des pouvoirs au sein de la communauté chrétienne. Sous l'impulsion des évêques, les écoles se développent rapidement dans toutes les grandes villes. Elles rencontrent beaucoup de succès car, outre l'enseignement du latin et de la théologie, on y apprend le droit, la médecine et l'arithmétique.

Le XIIIe siècle voit s'organiser un peu partout en Europe les premières grandes universités à l'ombre des grandes cathédrales. De Paris à Bologne, en passant par Oxford, Padoue ou Montpellier, ces universités obtiennent des privilèges et délivrent leurs diplômes aux *escholiers*. Mais les cours dispensés ne sont pas gratuits. Aussi pour aider certains étudiants à payer leurs études universitaires, quelques mécènes commencent à ouvrir des pensions où les jeunes garçons sont nourris et logés collégialement : ce sont les premiers collèges, comme celui créé en 1257 à Paris par Robert de Sorbon qui donnera plus tard son nom à la célèbre université de Paris, la Sorbonne.

Un dialogue entre un maître et ses élèves

Les élèves : Apprends-nous, maître, à bien parler latin car nous sommes ignorants.

Le Maître : Acceptez-vous d'être battus pour apprendre ?

Les élèves : Nous savons que tu ne nous donneras pas de coups à moins que nous les méritions.

Le Maître : Quelle est ta profession ?

Un élève : Je suis moine et je voudrais apprendre à bien parler la langue latine.

Le Maître : Pourquoi apprenez-vous avec tant d'ardeur ?

Un élève : Parce que nous ne voulons pas être comme des animaux qui ne savent rien.

Le Maître : Et que voulez-vous donc ?

Un élève : Nous voulons être savants.

Le Maître : As-tu été battu aujourd'hui ?

Un élève : Je ne l'ai pas été parce que je me suis tenu tranquille.

Le Maître : Et les autres ?

L'élève : Pourquoi me le demandes-tu ? Je n'ose pas te découvrir nos secrets ; chacun sait s'il a été battu ou non.

Le Maître : Qui t'a réveillé cette nuit ?

Un élève : Quand j'ai entendu le signal, je me suis levé. Quelquefois, le Maître me réveille avec son fouet.

Le Maître : Oh chers enfants, disciples attentifs ! Votre Maître vous invite à vous préparer aux exercices religieux et à vous conduire décemment en tous lieux. Partez docilement quand vous entendrez la cloche… Restez en bon ordre, chantez ensemble, demandez pardon pour vos péchés et sortez sans dire de plaisanteries.

Mémoires d'Aelfric,
moine anglo-saxon (955-1020).

Au temps des premières universités

Les premières universités se sont constituées en réaction contre le pouvoir de l'évêque qui dirigeait les écoles établies à l'ombre des cathédrales. Face à une autorité épiscopale jugée trop étroite, elles trouveront dans le pape un précieux allié pour affirmer leur originalité.

Des établissements aux statuts différents

L'université médiévale est organisée en établissements qui se gouvernent en fonction de statuts très différents. Mais une division quadripartite de l'enseignement s'installe rapidement : arts, théologie, droit et médecine.

Paris, célèbre pour les arts et la théologie, ne possède pas de faculté de droit civil. Montpellier est célèbre pour sa médecine et son enseignement du droit civil, Bologne pour ses cours juridiques.

À Paris, ce sont les maîtres qui gouvernent. Partout, procureurs, recteurs, doyens, chanceliers sont élus, et les maîtres sont généralement désignés par leurs pairs. À Bologne, les étudiants eux-mêmes régissent matériellement l'université ; ils choisissent leurs professeurs.

Dès le XIIIe siècle, les maîtres vivent de l'argent versé par leurs auditeurs et du revenu attribué par l'Église. L'intrusion des ordres mendiants, qui condamnent la rémunération de l'enseignement, est la première grande crise qui traverse l'université.

La naissance des collèges

La plupart des étudiants, qui ont entre 14 et 20 ans, sont obligés de loger dans une auberge ou chez l'habitant. Fréquenter l'université n'est donc pas à la portée de toutes les bourses.

Quelques mécènes, à l'image de Robert de Sorbon, fondent des collèges, véritables résidences collectives pour les écoliers désireux de parfaire leurs connaissances.

Ces mêmes mécènes attribuent des bourses aux plus méritants et aux plus motivés. Une nouvelle dynamique est lancée, un nouveau public s'installe sur les bancs des facultés.

Un enseignement renouvelé

L'université de la fin du Moyen Âge ne veut plus, comme les anciennes écoles épiscopales, être axée sur une préparation aux fonctions cléricales.

La scolastique, fondée sur l'étude des textes que

l'on apprend à commenter, est désormais le symbole d'un enseignement traditionnel. À ses côtés se développe un enseignement de plus en plus prisé par les étudiants, à l'image du droit public, synonyme de promotion sociale et de recrutement au service des puissants de ce monde qui comprennent très vite l'intérêt d'entretenir de bons rapports avec l'autorité universitaire, véritable pépinière d'administrateurs, de juristes et de juges nécessaires à la pratique du pouvoir.

5

Encadrer les esprits,
protéger le dogme

Il m'est arrivé de voir, c'est la pure
vérité, un abbé se faisant accompagner
de soixante chevaux et plus. Lorsqu'on
voit passer cette sorte d'abbé, on dirait
non pas des gardiens paternels de monastère, mais des seigneurs châtelains, non
des hommes ayant charge d'âmes, mais
des princes gouvernant des provinces.

SAINT BERNARD

Mission importante s'il en est, l'Église médiévale
doit affronter toute une série de tentatives de contestation ou de déviation de la foi. Mais l'hérésie est plu-
rielle ; elle prend divers aspects tout au long des mille
ans qui forment les temps médiévaux.

Convaincre par les mots ou vaincre par les armes

Au début du Moyen Âge, l'hérésie est d'abord christologique (contestation de la nature du Christ et négation de sa divinité) ; différents conciles régleront progressivement le problème. À partir du VIe jusqu'au Xe siècle, l'Europe chrétienne est alors parcourue de contestations et de revendications qui prennent source dans une piété populaire reprochant à l'Église une déviation de plus en plus marquée vis-à-vis de l'esprit de simplicité qui avait guidé les premiers pas de la Chrétienté.

Ces mouvements traduisent surtout une révolte sociale face à la richesse, la dégénérescence et l'insolence d'un haut clergé qui a oublié les préceptes fondamentaux du christianisme. Un peu partout, des prédicateurs errants réclament un retour à la pauvreté, synonyme de pureté et de vérité.

Le danger pour l'Église est considérable, car ces hérétiques portent avec eux une remise en cause du socle temporel sur lequel reposent la hiérarchie et le système clérical. La dîme et le goût de la propriété sont au centre des critiques de la part de plusieurs écoles hérétiques qui, comme les cathares, ne se contentent pas de remettre en cause l'aspect temporel mais se situent désormais sur le plan du dogme en prônant de nouvelles doctrines.

Les réactions de l'Église évolueront. Si, par moments, elle sait s'appuyer sur ces mouvements populaires pour réaliser sa propre réforme, le plus souvent elle préfère les combattre par diverses armes : la prédication, mais aussi et surtout l'Inquisition et l'expédition armée pour liquider par l'épée et par le feu toute déviance idéologique susceptible de menacer l'édifice pontifical.

De tous les mouvements hérétiques du Moyen Âge, les deux plus importants par leur influence sont sans conteste ceux engendrés par les cathares et les vaudois.

L'hérésie cathare, initiée en Bulgarie, atteint l'Europe occidentale au XIᵉ siècle. Niant l'incarnation de Dieu et la résurrection du corps, les cathares sont notamment convaincus que le monde est déchiré par une lutte incessante entre le Bien et le Mal, symbolisés par l'esprit et la matière.

C'est surtout dans le Sud-Ouest de la France que cette hérésie rayonne, but de la fameuse croisade contre les Albigeois, décrétée par le pape Innocent III après avoir échoué dans sa tentative de ramener par le dialogue les cathares au sein de l'Église romaine. Dirigée par Simon de Montfort, cette croisade est aussi pour les barons du Nord de la France le prétexte pour annexer domaines et richesses d'une France méridionale jusqu'alors très prospère.

L'hérésie vaudoise, elle, prend racine dans la démarche d'un riche marchand lyonnais, Pierre Valdo, qui renonce à toutes ses possessions pour mener une vie d'ermite et de prédicateur. La papauté approuve les premiers pas du mouvement vaudois, lui imposant toutefois de demander aux autorités religieuses des villes traversées l'autorisation de prêcher. Mais l'attitude de l'Église change dès que les vaudois ne respectent plus cette condition. Un premier synode les déclare hérétiques en 1184 puis, en 1211, quatre-vingts vaudois sont brûlés. Frappés par une répression très sévère, les vaudois finissent pour la plupart par confesser leur hérésie. Les derniers d'entre eux trouveront refuge dans les Alpes où ils se maintiendront jusqu'à la Réforme.

L'hérésie de la fin du Moyen Âge est enfin marquée par les deux grandes figures de Jean Wyclif et de Jean Hus. Le premier, professeur à Oxford, annonce la future réforme protestante en déniant au clergé son pouvoir de médiation entre Dieu et les hommes et en refusant de voir le Christ dans l'hostie. Le second, le tchèque Jean Hus, est envoyé au bûcher par le concile de Constance en 1465, le hussisme apparaissant comme l'éventuel levain d'une insurrection nationale et sociale. Porteur charismatique d'une contestation intellectuelle, Hus est considéré comme hérétique alors que son message est moins religieux que politique.

L'Inquisition

Avec l'émergence et l'extension des hérésies qui se multiplient dans l'Europe occidentale des XIIe et XIIIe siècles, la papauté adopte une attitude qui devient de plus en plus intolérante à l'égard de toute contestation.

En 1162, le pape Alexandre III opte pour une nouvelle politique. Jusqu'à présent, les hérétiques étaient signalés aux autorités religieuses par des informateurs plus ou moins formés à la connaissance du dogme. Désormais, l'Église veut se doter de véritables enquêteurs qui se doivent d'aller sur le terrain pour observer, analyser les phénomènes de contestation, les juger et, si possible, y mettre un terme.

En 1231, le pape Grégoire IX précise le rôle et les attributions de ces agents qu'il nomme « inquisiteurs », chargés officiellement de traquer les hérétiques. C'est ici que se situe le réel commencement de l'Inquisition.

Souvent choisis parmi les Dominicains en raison de leur solide formation intellectuelle, les inquisiteurs sont de véritables itinérants qui vont de ville en ville avec pour mission essentielle de faire abjurer les hérétiques. Séjournant pour une période de trente jours, ils préviennent les habitants de leur présence et leur offrent la possibilité de réintégrer l'Église romaine en échange d'une pénitence légère. Passé ce délai, les suspects qui n'ont pas abjuré sont traduits devant un tribunal ecclésiastique. À leurs débuts, les tribunaux de l'Inquisition se satisfont de deux témoins oculaires pour accuser une personne d'acte d'hérésie. Le suspect est généralement emprisonné pour une durée plus ou moins longue avec l'espoir que cette privation de liberté suffira à amorcer une confession des erreurs commises. Face aux piètres résultats obtenus par cette méthode, le pape Innocent IV légalise la torture en 1252. En principe, l'hérétique ne doit être torturé qu'une seule fois, mais les inquisiteurs détournent habilement cette procédure en présentant les séances suivantes comme les continuations de la première !

Le bûcher constitue bien souvent la phase ultime de la démarche inquisitoriale lorsque celle-ci se heurte à un adversaire qui refuse d'abjurer ses croyances ou, plus simplement, de reconnaître des actes qui, pour lui, ne sont en rien contraire aux idéaux du christianisme.

Troisième partie

LES *BELLATORES*, CEUX QUI COMBATTENT

Les nobles sont les guerriers protecteurs des églises ; ils sont les défenseurs du peuple.

ADALBÉRON DE LAON

1

Au commencement
était la guerre...

Au service du plus fort

Dans les premiers temps médiévaux, rois ou empereurs n'ont jamais pu assurer une protection totale de leurs sujets. Nombreux sont donc les hommes libres qui se placent volontairement sous la protection de ceux qui possèdent un château aux murs solides et qui ont à leur disposition des hommes d'armes susceptibles de repousser les envahisseurs ou les ennemis d'un jour. Ainsi naît la première forme de vassalité : en échange d'une protection fiable, les hommes libres acceptent de s'engager à servir le seigneur en cas de besoin. Ces hommes libres deviennent des *servi*, des hommes qui servent et non des serfs, comme trop de traductions hâtives eurent tendance à les présenter et à les considérer des siècles durant. Lorsque l'autorité d'un roi n'est pas bien établie, comme ce fut longtemps le cas au Moyen Âge, les seigneurs les plus puissants s'autorisent à lever l'impôt pour leur propre compte ; ils rendent la justice et convoquent les hommes libres pour partir à la guerre. Ce rapport de forces entre roi et grands seigneurs constitue un des éléments essentiels de la grille de lecture du pouvoir et de sa dévolution pour la majorité des pays européens. Longtemps les grands seigneurs ne veulent rendre hommage à personne. Le roi ne parvient à asseoir son autorité qu'à partir du moment où il est reconnu comme suzerain suprême. Les armes, l'argent et, surtout, la religion – en sacralisant la personnalité royale – l'aideront à s'imposer comme le premier des suzerains.

De la vassalité à la féodalité

L'engagement vassalique s'accomplit autour de deux rituels incontournables. Le premier a pour nom l'hommage, et nombreuses sont les représentations imagées de cette cérémonie qui voit le vassal s'engager à servir fidèlement et loyalement son seigneur.

Agenouillé devant le seigneur, le vassal place ses mains jointes dans celles de son maître. Vient alors le serment de fidélité, prêté sur les Évangiles ou parfois sur des reliques locales, ce qui donne une dimension supplémentaire à la cérémonie.

Contracté par serment et sacralisé par la religion, ce lien vassalique est très fort, à tel point qu'il est à la base de cette fraternité militaire qui unit vassal et suzerain. Symboliquement, le vassal est le fils adoptif, le seigneur représentant quant à lui le père protecteur et bienfaiteur. Les chansons de geste et les enluminures ont toujours insisté sur cet aspect solennel de l'hommage.

Mais ce caractère fraternel sera rapidement mis à mal avec l'attribution d'un fief dans le contrat de l'hommage, l'espoir de devenir propriétaire alimentant progressivement une source de convoitise et de jalousie.

De la nécessité de l'hommage lige

La cérémonie de l'hommage installée dans les mœurs, il devient de plus en plus fréquent de voir un homme libre prêter serment de fidélité à plusieurs puissants ; la protection n'en est que plus sûre et le territoire foncier ainsi obtenu que plus étendu. Mais en cas de conflits armés entre ses protecteurs, la situation apparaît rapidement délicate pour celui qui a promis son soutien à plusieurs seigneurs : un vassal fidèle à plusieurs seigneurs n'est en réalité plus fidèle à personne !

Pour éviter une telle situation, la féodalité met au point l'hommage lige, hommage principal et

prioritaire par rapport à tous les autres. Fort logiquement, l'hommage lige est rendu envers le puissant qui
a attribué le fief le plus important. Nous sommes ici
au cœur d'un système féodal basé sur le respect – ou
l'irrespect – de hiérarchies nettement identifiées.
Ainsi, pour assurer et développer son pouvoir, la
monarchie sait désormais qu'il lui faut jouer, souvent
avec beaucoup de subtilité, de la politique de l'hommage lige.

UNE CÉRÉMONIE D'HOMMAGE AU XIIᵉ SIÈCLE

Le comte demanda au futur vassal s'il voulait
devenir son homme sans réserve, et celui-ci répondit :
« Je le veux » ; et ses mains étant jointes dans celles
du comte qui les étreignit, ils s'allièrent par un baiser.

En second lieu, celui qui avait fait hommage enga-
gea sa foi en ces termes : « Je promets en ma foi d'être
fidèle à partir de cet instant au comte Guillaume et de
lui garder contre tous et entièrement mon hommage,
de bonne foi et sans tromperie » ; il jura cela sur la
relique des saints.

Ensuite le comte donna un fief à tous ceux qui lui
avaient promis sûreté et fait hommage par serment.

GALBERT DE BRUGES,
*Histoire du meurtre de Charles le Bon,
comte de Flandres*, XIIᵉ siècle.

Du cavalier au chevalier

Dans le système féodal, le vassal du Xe siècle est d'abord un guerrier du seigneur qui combat à cheval, d'où le terme de chevalier. Mais les chevaliers ne sont pas uniquement les militaires à cheval du seigneur ; ils deviennent progressivement les compagnons d'armes des puissants, des princes et des rois, pour former une véritable aristocratie guerrière. La cérémonie d'hommage consacre cette notion de fraternité qui unit la famille des *bellatores*.

Chevaux, armes et équipements leur appartiennent ; leurs revenus, issus des fiefs obtenus par l'hommage, évitent tout travail, permettant ainsi de se consacrer pleinement à leur métier de chevalier : la guerre.

En raison de cette compétence militaire, on ne peut donc naître chevalier, il faut mériter ce titre. C'est tout le sens d'une formation étalée sur de nombreuses années, formation obligatoire avant de pouvoir revêtir le titre par la cérémonie de l'adoubement.

L'art de la guerre : l'équipement du chevalier

LE HEAUME

Grand casque enveloppant toute la tête afin de la protéger. Il est équipé d'une visière qui limite fortement la vue, ce pourquoi on n'abaisse cette dernière que dans les combats violents.

LE HAUBERT

Ce mot vient du francique *hals* (« cou ») et *bergan* (« protéger »). Il s'agit en fait d'une longue cotte de mailles destinée à protéger le corps du chevalier.

L'ÉPERON

Arceau de métal, terminé par un ergot, que le chevalier fixe à la partie postérieure de son pied pour piquer son cheval et activer son allure. Parfois, des éperons en or sont offerts par le parrain le jour de l'adoubement.

L'ÉTRIER

Mot d'origine francique désignant un arceau en métal suspendu par une courroie de chaque côté de la selle et sur lequel le chevalier prend appui.

Les premiers chevaliers sont d'abord protégés par la cotte de mailles. Vient ensuite l'armure, composée de pièces de métal ou de cuir bouilli renforçant seulement les points vulnérables. Enfin, l'armure tout entière est en métal assurant une protection très efficace à cheval mais handicapant énormément les chevaliers mis à terre. Les chevaux, eux aussi, sont parfois protégés par une armure appelée caparaçon à partir du XVIe siècle.

LE GANTELET

Armature en métal qui protège la main et le poignet, eux-mêmes enfermés dans une moufle de cuir.

L'ÉPÉE

Il n'existe pas une épée type pour les chevaliers. En fonction des époques et des régions, de la qualité des alliages et du savoir-faire d'un bon armurier, l'épée du chevalier est plus ou moins performante. Selon la nature du combat, le chevalier choisira une épée particulière (épée à une main pour le combat rapproché), la lame à double tranchant ayant le plus souvent ses faveurs.

L'ÉCU

Le mot vient du latin *scutum* (« bouclier »). L'écu a une double fonction : parer les coups, mais aussi arborer les couleurs et les blasons familiaux.

LA SELLE ET L'ARÇON

L'arçon est l'armature de la selle, formée de deux parties cintrées reliées entre elles, le pommeau et le troussequin. En fonction de l'activité (chasse, tournoi, guerre, promenade…), le chevalier choisit une selle particulière.

Devenir chevalier,
entre apprentissage et initiation

L'éducation d'un chevalier

Jusqu'à l'âge de sept ans, le jeune noble demeure généralement auprès des nourrices du château ; ses principales distractions consistent à observer les parties de jeux d'échecs et de jacquet ou bien à jouer avec des figurines rappelant ses héros et ses modèles : les chevaliers. En règle générale, il ne partage pas les loisirs des autres enfants du château. Les dames lui racontent des histoires (ou plutôt des légendes) de ses ancêtres, vantant leur courage au combat, leurs vertus et leur idéal ; le système des valeurs chevaleresques s'inculque donc très tôt dans l'enfance.

Dès son septième anniversaire, le jeune garçon est autorisé à s'asseoir à la table de ses parents. Son apprentissage peut alors commencer. Il peut dès lors être placé par son père comme page chez un seigneur

ami qui le forme ainsi aux premières exigences de la
chevalerie : monter à cheval, savoir chasser, commencer à se familiariser avec les armes. Le père n'est pas
le meilleur éducateur pour son propre fils, et pour
éviter tout favoritisme ou toute sensiblerie, il faut
donc éloigner celui-ci du château paternel. Parallèlement, un moine initie l'enfant au latin. Une éducation
à la musique, à la poésie, à la politesse et à la danse
est, en outre, attestée dans la plupart des cas.

Vers quatorze ans, est souvent conféré le titre
d'écuyer qui autorise l'adolescent à bénéficier de
l'enseignement d'un maître d'armes, à s'entraîner aux
joutes à cheval et à suivre le seigneur tant aux tournois que dans d'éventuels épisodes de guerre.

Les années d'apprentissage et de perfectionnement
accomplies (entre dix et douze ans dans la plupart
des situations), l'adoubement peut alors consacrer le
nouveau chevalier. Véritable cérémonie initiatique,
l'adoubement se pratique généralement lors des fêtes
liturgiques (Noël, Pâques, Ascension, Pentecôte) avec
une préférence pour celles du printemps (Pâques et
Pentecôte). Mais il est possible d'être également armé
sur le champ de bataille ou le soir d'une joute victo-
rieuse.

Aux alentours de la dix-huitième année, l'écuyer
est donc admis à quitter le monde des enfances,
expression toute symbolique, pour être solennelle-
ment reçu dans la société des guerriers.

L'adoubement

À l'origine, l'adoubement est une simple remise des armes entre guerriers. Vêtu de fer (haubert et heaume), chaussé d'éperons (offerts par son parrain), le nouvel élu est ceint de son épée et reçoit la colée, fort coup de paume sur la nuque. Le voilà désormais adoubé, adopté, *adoubat* comme on dit dans l'Occitanie médiévale. Rapidement l'Église souhaite encadrer un rituel un peu trop païen à ses yeux. La brutalité guerrière doit laisser place à une symbolique en harmonie avec les préceptes religieux.

Avant de recevoir les armes, on lave le corps du chevalier à l'image d'un nouveau-né ou d'un mort ; il faut purifier le passage. L'adoubement se christianise surtout avec la veillée d'armes dans la chapelle du château qui voit le futur chevalier passer une nuit de prière et de méditation ; la bénédiction de l'épée vient consacrer la mainmise de l'Église sur un cérémonial désormais bien établi. De brutal à son origine, le rituel d'adoubement prend désormais un caractère religieux nettement affirmé.

Une fois adoubé, le chevalier est un vrai combattant au service du seigneur qui lui a transmis un fief. Il est aussi un chevalier de Dieu vis-à-vis duquel il a prêté serment d'allégeance. S'il est l'aîné, il pourra rester à la cour du château de son père pour le défendre puis le remplacer au moment venu. Les cadets, quant à eux, deviennent toujours les vassaux d'un autre seigneur.

Un adoubement au Xᵉ siècle

À la Pentecôte en été, le roi l'adoube chevalier devant le perron de son palais. Le matin est beau et clair. Raoul, vêtu d'un habit blanc plus blanc que la fleur de lys, se tient sur un beau tapis au milieu de la place. Tous les barons de France l'entourent et l'admirent.

Le roi le revêt d'abord d'un haubert léger à doubles mailles, puis prend le heaume brillant, cerclé d'or. Il le lui pose sur la tête. Puis il lui attache les éperons, et lui ceint l'épée, large et dure à poignée d'or.

Un bon destrier attend là, maintenu par deux hommes. Raoul bondit en selle, chausse les étriers ; il étend les mains, passe à son bras son écu à bande d'or, saisit sa lance. Au bout de la place on a dressé la quintaine ; il baisse sa lance et va la frapper en bel élan. Les écus craquent et volent en éclats, sans que Raoul ait bougé de sa selle. « Le bel enfant ! disent les Français. Dès maintenant, il pourra défendre le fief de son père. »

Raoul de Cambrai, *Chanson de geste*.

UN ADOUBEMENT AU XIIe SIÈCLE

Le seigneur se baisse et lui chausse l'éperon droit, comme la coutume le voulait alors de qui adoubait un chevalier. Les écuyers sont nombreux tout autour : chacun se presse pour l'armer. Le seigneur prend l'épée, la lui ceint et lui donne l'accolade.

« En vous remettant cette épée, lui dit-il, je vous confère l'ordre de la chevalerie, qui ne souffre aucune bassesse. Beau frère, souvenez-vous-en au cas qu'il vous faille combattre, si votre adversaire vaincu vous crie merci, je vous en prie, écoutez-le et ne le tuez pas sciemment. S'il vous arrive de trouver dans la détresse, faute de conseil, homme ou femme, soit dame, soit demoiselle, conseillez-les, si vous en voyez le moyen et si ce moyen est en votre pouvoir : vous ferez bien. Enfin, recommandation bien importante, allez volontiers à l'église prier le Créateur de toutes choses qu'il ait pitié de votre âme et qu'il vous garde dans le siècle comme son fidèle chrétien. »

Le seigneur alors fait sur lui le signe de la croix et, tenant la main levée, ajoute :

« Beau sire, que Dieu vous préserve et vous conduise ! Vous êtes impatient de partir. Allez donc et adieu. »

CHRÉTIEN DE TROYES, *Perceval*, XIIe siècle.

3

L'idéal chevaleresque

Une fraternité guerrière

Les enluminures présentent les chevaliers sous divers aspects. Hommes de combat, hommes très pieux, voire courtois, les chevaliers se doivent de respecter un idéal et un blason. Mais la réalité n'est pas toujours si belle. Les clichés entretenus à l'égard de la chevalerie méritent d'être fortement nuancés. À côté des exemples de chevaliers courageux, loyaux et respectant la parole donnée, figurent en tout aussi grand nombre des hommes violents, passionnés par la guerre et se vendant au plus offrant. Le Moyen Âge réel n'est pas celui rêvé et modelé par notre propre imaginaire. Il existe cependant des us et des coutumes entre gens d'armes. Organisée en véritable fraternité avec ses rites initiatiques et son code d'honneur, la chevalerie n'en demeure pas moins une fraternité guerrière où la vie et la mort s'affrontent en un tournoi symbolique.

Pour éviter une violence mal contenue, l'Église se permet d'intervenir avec la paix de Dieu qui interdit d'attaquer les pèlerins, les femmes et les enfants ou de porter la violence dans les lieux religieux. La trêve de Dieu complète cette tentative en demandant de ne pas guerroyer certains jours du calendrier chrétien. Ces deux protections ne seront toutefois que de modestes et fragiles remparts face à la force des armes et aux impératifs politiques et économiques des puissants.

Amour courtois et troubadours

Dans le Sud de la France apparaît une nouvelle forme de chevalerie organisée autour d'un système de valeurs moins guerrières : c'est l'amour courtois qui voit le chevalier se mettre au service d'une dame, généralement l'épouse de son seigneur. Dans un traité rédigé vers 1185, André le Chapelain résume les principes fondamentaux de ce nouveau comportement chevaleresque. En premier lieu, l'amour courtois « n'a aucune place entre mari et femme ». Il y est dit aussi que l'amour doit être libre, mutuel, secret et noble. En règle générale, l'amoureux mange et dort peu et, lorsqu'il croise sa belle en un lieu public, il se doit de la considérer comme une étrangère. L'usage veut aussi que l'homme courtois s'adresse à sa dame avec des mots de dévotion normalement réservés aux saints. Dans l'hypothèse où la dame ne répond pas aux attentions du chevalier, ce dernier ne doit pas pour autant abandonner la passion qu'il lui témoignait jusqu'alors.

Code de conduite idéalisé, l'amour courtois trouve également son accomplissement dans la bravoure de l'amant qui, inspiré par la dame de ses pensées, cherche à afficher son courage et son abnégation lors des tournois et, bonheur suprême, en défendant l'honneur de la dame à la moindre occasion.

L'amour courtois est indissociable de la poésie et de la musique, deux domaines abordés dans la formation de l'écuyer, deux disciplines artistiques qui permettent de célébrer elles aussi le culte de l'amour authentique. C'est donc tout naturellement que l'amour courtois s'alimente dans les traditions des troubadours du midi de la France.

Troubadours et trouvères (étymologiquement « ceux qui trouvent ») étaient généralement des personnages proches de la chevalerie ; ils écrivaient des poèmes chantant l'aventure, mais aussi et surtout vantant les exploits des preux et les amours impossibles. On les confond souvent à tort avec les musiciens qui allaient de château en château en compagnie de jongleurs pour jouer et mettre en scène les compositions des troubadours.

L'AMOUR COURTOIS.

La dame : Je voudrais bien savoir d'où peut venir cette force qui vous commande d'obéir, sans réserve, à tout mon vouloir.

Le chevalier : Dame, la force vient de mon cœur qui m'a mis en votre pouvoir et la grande beauté que j'ai vue en vous.

La dame : Et la beauté quel est son crime ?

Le chevalier : Dame, c'est elle qui me fait vous aimer de manière telle qu'il ne peut être un plus grand amour ; telle que je me donne à vous ; telle que, s'il vous plaît, pour vous je veux mourir ou vivre.

CHRÉTIEN DE TROYES,
Le Chevalier au lion, XIIᵉ siècle.

Tournoyer et guerroyer

Mais la véritable affaire du chevalier reste la guerre. Entre deux batailles, il s'agit de maintenir la forme physique, de veiller à l'entretien des armes et à la bonne santé des chevaux. La chasse remplit partiellement cette fonction, tout en étant associée aux loisirs. Joutes et tournois, si présents dans les enluminures et les miniatures, constituent les moments privilégiés et symboliques où chaque chevalier peut se distinguer et afficher sa puissance, sinon ses revendications. Fête militaire aux rituels complexes, le tournoi est cependant bien plus qu'un simple entraînement en temps de paix : il vient confirmer ou corriger les hiérarchies établies au sein d'une aristocratie guerrière qui n'a de cesse que de prouver aux autres, les puissants et les humbles, le bien-fondé de son existence et l'étendue de son courage.

Le chevalier n'existe néanmoins que par la guerre. La répartition en trois ordres fait des *bellatores* une catégorie sociale liée au combat sans lequel elle n'aurait aucune légitimité. L'amour courtois, la chasse, les joutes et les tournois ne peuvent atteindre la dimension symbolique qu'offre la guerre, fut-elle brève ou longue de cent ans. Sur ce point, les enluminures reflètent assez bien les mentalités de l'époque : bien souvent le chevalier représenté au combat est un homme en armes mais… souriant.

La guerre n'a de chevaleresque que le nom. Dans la réalité des faits, les XIIIe et XIVe siècles sont marqués par des conflits incessants qui affectent considérablement les populations civiles. Plus que des scènes de dévastation des champs, les images des chroniques illustrent bien souvent les pillages des villes qui concluent un épisode guerrier où les idéaux chevaleresques laissent bien souvent place à la vindicte de soudards.

LE TOURNOI

Au quinzième jour après Pâques, la foule campa tout autour de pavillons, de cabanes ou de tentes. Les marchands avec leurs nombreuses marchandises étaient venus de terres lointaines ; ils occupent les hauteurs et les collines. De toute part les chevaliers affluent et mènent grand tumulte : partout c'est le bruit, les appels, les cris…

Avec le comte de Louvain, qu'on appelait Gontaric, jouta le meilleur comte qui fut jamais, je veux parler de celui de Toulouse, le comte Alphonse. Tous deux étaient bons cavaliers. Ils se donnèrent de si grands coups sur leurs écus, qu'ils les ont brisés et rompus. Ils tranchent les sangles, ils tranchent la poitrinière des chevaux. Ils tombent à terre tous deux ensemble. Les chevaliers piquent des deux à la rescousse ; on se pousse, on se frappe, on se renverse ; les lances se brisent, les arçons se fendent, les masses et les bâtons tombent et retombent. Les épées se heurtent aux heaumes ; celles-là s'ébréchèrent et ceux-ci sont bossués. Jamais on ne vit un tel abattage. Chacun frappe le plus qu'il peut. Chacun veut montrer comme il est preux.

Le Roman de Flamenca, vers 1240-1250.

Le statut de la dame

Qu'elle soit épouse de noble ou de paysan, le premier devoir de la femme médiévale reste l'obéissance au chef de la famille, en respectant l'autorité naturelle de son époux..

Les fonctions sociales du mariage

Au sein de la famille noble, le rôle de la femme est d'abord celui de la reproduction et, ensuite, celui de l'éducation des enfants issus du mariage.

Dans les classes sociales les plus élevées, le mariage apparaît comme le moyen privilégié d'accroître ou de confirmer une domination territoriale, de consolider une lignée ou bien encore de mettre fin à une guerre. En ce sens, le mariage ne répond que très rarement à une inclination réciproque entre deux amoureux. Toute une tradition juridique et coutumière limite ainsi la capacité d'action féminine en maintenant la femme noble sous la tutelle masculine. L'amour courtois répond quelque part à cette absence d'amour spontané entre les deux époux.

Éduquer et se perfectionner

La femme noble sait lire. Aussi se doit-elle de transmettre ce savoir à ses enfants. C'est elle qui, bien souvent, se voit confier l'éducation des jeunes pages auxquels elle raconte les légendes des preux chevaliers, leurs ancêtres. De fait, la dame prend une part active à la vie artistique et intellectuelle qui anime la société médiévale. Nombreuses sont les enluminures qui la représentent en train de peindre, de faire une tapisserie, de se promener à cheval, de copier un manuscrit ou bien d'écrire ses propres pensées. Les rencontres et les discussions entre dames sont choses courantes dans une salle du château, le plus souvent la chambre à coucher. On est alors bien éloigné de l'isolement prôné par les clercs.

4

Les croisades, une expédition guerrière

Il est urgent d'apporter en hâte à vos frères d'Orient l'aide si souvent promise et d'une nécessité si pressante. Les Turcs et les Arabes les ont attaqués et se sont avancés dans le territoire de la Romanie... Si ceux qui iront là-bas perdent leur vie pendant le voyage sur terre ou sur mer, ou dans la bataille contre les païens, leurs péchés seront remis... Que ceux qui étaient auparavant habitués à combattre méchamment en guerre privée contre les fidèles, se battent contre les infidèles, gagnent les récompenses éternelles.

URBAIN II, in FOUCHER DE CHARTRES, *Histoire du pèlerinage des Francs à Jérusalem*, XIIᵉ siècle.

Au commencement était la religion...

Le 27 novembre 1095, lorsque le pape Urbain II invite les chrétiens à s'unir pour aller délivrer les Lieux saints, un mouvement impressionnant de masses d'hommes se met en marche pour surprendre Byzance et l'Islam qui ne s'attendent pas à pareille entreprise.

Les images des croisades mettent en valeur les différentes étapes de cette extraordinaire épopée. Du concile de Clermont aux prédications ardentes de Pierre l'Ermite, toute la genèse de la croisade est racontée et enluminée dans tous les sens du terme. Des chevaliers aux pauvres gens, l'Occident croisé est mis en images au sein des *scriptoria*. Les scènes de guerre ne sont pas occultées : pillages, tueries et massacres sont illustrés fréquemment, comme dans l'*Histoire d'Outremer de Guillaume de Tyr*, manuscrit célèbre du XIIIe siècle. Têtes décapitées, exécutions sommaires sont ici mises en scène avec force détails. Mais ces images de massacres sont immédiatement justifiées par le texte. Il s'agit avant tout de faire expier les infidèles.

Des images de guerre et de violence

Les images des croisades détaillent avec minutie tout l'art de la guerre. Des armes utilisées aux techniques de siège, en passant par la description rarement objective des cavaliers turcs, enluminures et miniatures déclinent l'aspect militaire d'un pèlerinage qui n'en est plus un. Les têtes coupées des adversaires que l'on présente aux assiégés afin de les terroriser deviennent un grand classique de la peinture des croisades, thème récurrent dans beaucoup de manuscrits.

Même si les relations entre chrétiens et musulmans ne sont jamais faites de réciproque compréhension, quelques rares dessins laissent cependant soupçonner une certaine estime entre guerriers rivaux, estime qui peut se traduire, lors des intervalles entre les conflits, par une relative cordialité que montrent plusieurs représentations de chrétiens et musulmans jouant ensemble au jeu d'échecs, entre deux affrontements.

Si les premières croisades ont surpris les musulmans qui ne s'étaient pas préparés à un tel assaut, ces derniers sauront amorcer progressivement mais sûrement un renversement du rapport de forces ; il se traduira par la défaite des Francs, en 1291. Un autre type de renversement se produira, on s'en doute, avec les images.

LA PRISE DE JÉRUSALEM...

Les autres princes après avoir mis à mort dans les divers quartiers de la ville tous ceux qu'ils rencontraient sous leur pas, ayant appris qu'une grande partie du peuple s'était réfugiée derrière les remparts du temple, y coururent tous ensemble, conduisant à leur suite une immense multitude de cavaliers et de fantassins, frappant de leurs glaives tous ceux qui se présentaient, ne faisant grâce à personne, et inondant la place du sang des infidèles ; ils accomplissaient ainsi les justes décrets de Dieu afin que ceux qui avaient profané le sanctuaire du Seigneur par leurs actes superstitieux le rendant dès lors étranger au peuple fidèle, le purifiassent à leur tour par leur propre sang, et subissent la mort dans ce lieu même en expiation de leurs crimes. On ne pouvait voir cependant sans horreur cette multitude de morts, ces membres épars jonchant la terre de tous côtés, et ces flots de sang inondant la surface du sol.

GUILLAUME DE TYR, *La Prise de Jérusalem*, XIIIe siècle.

UN VÉRITABLE CARNAGE

Le vendredi de grand matin, nous donnâmes un assaut général à la ville sans pouvoir lui nuire. Puis à l'approche de l'heure où Notre Seigneur Jésus-Christ consentit à souffrir pour nous le supplice de la croix, l'un de nos chevaliers, du nom de Liétaud, escalada le mur de la ville. Bientôt, dès qu'il fut monté, tous les défenseurs de la ville s'enfuirent des murs à travers la cité et les nôtres les suivirent en les tuant jusqu'au temple de Salomon, et il y eut un tel carnage que les nôtres marchaient dans leur sang jusqu'aux chevilles. Enfin, après avoir enfoncé les païens, les nôtres saisirent un grand nombre d'hommes et de femmes et ils tuèrent ou laissèrent vivant qui bon leur semblait. Puis, pleurant de joie, ils allèrent adorer le Sépulcre de Notre Seigneur Jésus.

D'après l'*Histoire anonyme de la première croisade*, 1099.

Les images de la guerre

Les images se doivent d'abord de confirmer une répartition et une hiérarchisation de la société médiévale dictées par Dieu : la guerre est l'affaire exclusive des *bellatores*. On peut parfois trouver des *oratores* comme acteurs ou figurants dans des scènes guerrières, mais leur présence est là pour illustrer encore une fois la loi divine : la guerre est sinon voulue, du moins tolérée par Dieu ! Au temps des croisades, elle devient une nécessité et un devoir qui s'impose à tout chevalier chrétien.

L'architecture militaire

Les images sont de précieux auxiliaires pour l'étude et l'analyse des fortifications. Remparts, enceintes munies de meurtrières, d'archères et de créneaux, hourdages, mâchicoulis, tours… fournissent le décor et le cadre classiques entre adversaires réels ou symboliques.

Laissant de côté les belles images des nobles et vertueux chevaliers, l'artiste qui souhaite décrire un combat d'envergure choisit des conventions plus proches de la quotidienneté de la guerre. Soldats éventrés, embrochés, décapités, corps disloqués… occupent souvent le premier plan de l'image pour figurer l'âpreté des combats et son caractère meurtrier.

Les armes, les machines et les hommes

L'imagier se doit de glisser dans sa description le maximum d'armes connues à l'époque. Peu importe si elles ont été ou non utilisées pour le siège en question. Haches, épées, lances, arcs et arbalètes équipent les *bellatores* en fonction de leurs statuts dans l'art de la guerre. L'échelle est rarement oubliée dans les scènes de sièges. Plus rares sont les images qui nous décrivent fidèlement les machines de guerre.

Le cheval et le bateau

Au rythme du lent déclin de la chevalerie, la présence du cheval se fait de plus en plus discrète. Même s'il garde toute sa dimension symbolique, il est concurrencé par d'autres éléments jusqu'alors absents. Ainsi, avec les expéditions en Terre sainte, faut-il absolument faire figurer au premier plan les bateaux des croisés qui, à eux seuls, suffisent à indiquer le cadre de la bataille.

Une dialectique qui exclut l'art de la nuance

En fait, les imagiers de guerre balancent entre deux sentiments : illustrer une guerre noble et propre où le sang et les cadavres sont absents, ou bien peindre une guerre plus « humaine », avec cependant son lot de massacres et de pillages. En fonction du commanditaire et du contexte politique et religieux du moment, l'artiste médiéval doit opter pour une vision idéalisée de la guerre ou une description plus proche de la réalité.

Quatrième partie

LES *LABORATORES*, CEUX QUI TRAVAILLENT

> L'autre classe est celle des serfs : argent, vêtement, nourriture, les serfs fournissent tout à tout le monde ; pas un homme libre ne pourrait subsister sans les serfs.
>
> ADALBÉRON DE LAON

1

Les travailleurs des champs

Le monde médiéval des gens qui travaillent est très dense. On pense d'abord, à juste titre, aux paysans, mais il faut également souligner le rôle essentiel tenu par les corporations dans la dynamique urbaine et dans l'évolution des mentalités.

Les *laboratores*, perçus globalement comme des serfs par Adalbéron, sont en réalité des personnes aux statuts bien différents qu'il est impossible de rassembler en une seule et unique famille : entre le paysan et le banquier, entre le riche bourgeois et l'artisan boulanger, les différences sont multiples et les conditions de vie bien distinctes.

Dans l'Occident du XIIIe siècle, neuf habitants sur dix vivent à la campagne dans de petits villages bâtis autour d'une église en pierre et bien souvent peu éloignés du château du seigneur, lieu synonyme de protection et de refuge en cas de guerre. La plupart de ces villageois sont des paysans dont la vie, très rude, s'écoule au rythme des travaux agricoles et des corvées.

En échange de la sécurité qu'il promet en cas de guerre, le seigneur exige de ses protégés des redevances et des impôts : ce contrat moral et social constitue le socle fondamental autour duquel s'organisent les relations entre les puissants et les humbles. Loin d'être simpliste et figé dans le temps, ce contrat est en constante évolution et subit régulièrement des mutations plus ou moins marquées en fonction des périodes de crises ou de remises en question dont les célèbres jacqueries constitueront les moments les plus sensibles.

Des vilains et des serfs

L'historiographie médiévale a longtemps contribué à diviser les paysans en deux classes fort distinctes : les vilains et les serfs. Les premiers sont considérés, à juste titre, comme des hommes libres, propriétaires de leur terre, tandis que les seconds ont longtemps été présentés – à tort – comme de véritables esclaves du seigneur.

Les vilains peuvent quitter le seigneur quand bon leur semble et se marier librement. Une minorité d'entre eux possède des tenures étendues et peut même vivre aisément. Les serfs, en dépit de conditions de vie très difficiles, restent en théorie des paysans libres que la force militaire du châtelain a cependant réduits à un état de dépendance très sévère. Soumis à un régime très dur de nouvelles coutumes à partir du XIᵉ siècle (taille, banalités diverses…), le paysan de condition modeste s'est vu lui-même considérer comme la propriété du maître du ban, le ban désignant l'autorité et le pouvoir seigneuriaux ; ainsi l'homme qui travaille la terre est devenu l'homme de services du seigneur. La véritable servitude s'établit dès l'instant où le paysan n'a plus la possibilité de quitter sa terre sans l'assentiment de son seigneur.

DE LA DIFFÉRENCE ENTRE SERFS ET VILAINS

Les onze serfs qui vivent ici doivent trois jours de travail sur le domaine ; il y a avec eux douze femmes serves qui doivent filer douze mesures de lin. Les autres tenanciers sont libres ; ils ont à travailler douze jours sur la réserve, et leurs treize femmes ont à filer six mesures et demie de lin.

Cartulaire de l'abbaye de Saint-Bertin, XIIᵉ siècle.

LES OBLIGATIONS DES VILAINS

Ils doivent amener la pierre
Toutes les fois qu'on peut en avoir besoin

Sans protester ni faire opposition.
Toujours au four et au moulin
Ils sont plus asservis que des chiens.
Ils doivent ce travail toutes les fois
Que le seigneur veut faire bâtir.
Ensuite il faut curer le fossé.
Chacun doit y aller avec sa fourche.

Le premier service régulier de l'année
À assurer pour la Saint-Jean
C'est la fauchaison des près.
Puis après rassemblement de la récolte
Sa livraison au manoir
Quand on voudra bien leur faire savoir.
Ils doivent lors couper leurs blés
Les mettre en meules, les préparer.
Le sergent de champart harcèle le vilain

Il lui faut charger le champart dans sa charrette
Le porter à la grange du champart.
Quant à son blé à lui, il reste
Exposé au vent et à la pluie,
C'est son grand souci pour le vilain
Que son blé resté sur le champ
Où il risque de si grands dégâts.

Après vient la Notre-Dame en septembre
Qu'il convient le porcage rendre.
Si le vilain a huit pourceaux
Il en prendra les deux plus beaux.
À Noël doivent les poules

À Pâques fête que Dieu a établie
Ils doivent les moutonnages.

Et vient la Saint-Denis
Que les vilains sont ébahis
Il leur convient leurs cens payer
S'ils ne peuvent payer au jour
Sont à merci de leur seigneur.

WACE, *La Chanson des vilains de Verson*, XIIe siècle.

Un domaine agricole particulier : la seigneurie

Au Moyen Âge, la source de la richesse n'est autre que la terre, symbole très concret de la domination d'une famille sur les autres. Le pouvoir des puissants repose sur les armes certes, mais aussi et surtout sur la possession terrienne. La seigneurie, terme qui désigne le domaine foncier du seigneur (ou de l'abbé), est divisée en deux espaces aux statuts distincts et aux habitants bien souvent différenciés : la réserve et les tenures.

La réserve est exploitée directement par les hommes de services du château ; les paysans y exécutent les corvées comme la coupe du bois, l'entretien du château et les travaux agricoles. Les tenures sont louées à d'autres paysans en échange d'un loyer, le cens, payé en argent ou en nature. Les tenures peuvent parfois être appelées censives en raison du nom même du loyer affecté à cette terre cultivable.

Des charges et des devoirs

La protection apportée par le seigneur engendre donc des droits seigneuriaux très divers. Soumis au ban du seigneur, les paysans lui doivent donc des banalités, au premier rang desquelles il faut citer les taxes payées pour utiliser le four, le moulin et le pressoir de la seigneurie. Certaines de ces pratiques sont restées dans les mémoires et dans notre vocabulaire, puisque nombreuses sont les régions où, encore aujourd'hui, on connaît l'emplacement du four banal ou du moulin banal. À l'image de la taille, d'autres impôts viennent compléter le lot des nombreuses redevances dues au seigneur.

Tous les habitants de la seigneurie (sauf les clercs) dépendent également de la justice du seigneur. Lui seul détient le pouvoir de juger, d'emprisonner, d'imposer des amendes ou même de condamner à mort. Ici aussi les serfs jouissent d'un espace de liberté très restreint ; ils ne peuvent se marier qu'avec l'assentiment du seigneur ; les enfants issus du mariage ont, dès leur naissance, le statut de servage qui est héréditaire.

Mais le tableau n'est pourtant pas sombre à tous égards : le seigneur n'a pas le droit, par exemple, d'expulser les serfs de sa seigneurie, ce qui pour l'époque est un gage de sécurité très appréciable.

L'hérédité du servage

Nous Gautier, abbé de l'église Saint-Lucien de Beauvais, abandonnons complètement à l'église de Saint-Denis le serf Dreu et tous ses héritiers. Nous abandonnons aussi ses frères et ses sœurs, mais nous aurons en compensation l'un ou l'autre de ses descendants. Si des femmes serves de notre église se marient à des serfs de Saint-Denis, ou l'inverse, nous décidons d'un commun accord que les héritiers suivront la condition de la mère.

Acte de l'église Saint-Lucien de Beauvais, 1196.

Des conditions de vie difficiles

Dans l'ensemble, les paysans sont très pauvres et mènent une vie très difficile. Leur habitat reste bien sommaire jusqu'à la fin du Moyen Âge : maison en bois ou en boue séchée, recouverte d'un toit de chaume, sol en terre battue pour une seule pièce mal éclairée par de petites fenêtres sans vitres, mobilier très simple avec une literie en paille.

Leurs vêtements nous sont connus grâce aux

enluminures qui nous présentent le paysan avec sa blouse de laine ou de lin au-dessus de sa cotte, portant de gros bas (les chausses) et, plus rarement, des sabots.

Innovations et progrès

Le travail du paysan au Moyen Âge est très pénible en raison de la médiocrité de son outillage. Il faut attendre l'adoption de la charrue en lieu et place de l'araire antique pour observer une transformation radicale des habitudes de travail du paysan liées aux progrès énormes que va connaître l'économie agricole européenne.

Pour mieux comprendre la portée du changement intervenu, il convient de mettre en relation l'innovation de la charrue avec les autres grandes mutations technologiques qui touchent les campagnes à partir du XIe siècle. Ainsi l'amélioration des méthodes d'attelage (harnais d'épaule) et la diffusion de l'attelage chevalin constituent des changements importants qui doivent être associés à la diffusion de la charrue.

L'apparition du couple cheval-charrue qui remplace progressivement le couple bœuf-araire est également liée à une autre innovation : la possibilité d'utiliser le fer dans le travail de labour. Les araires en bois cèdent progressivement la place à des socs en fer, le fer à cheval protège l'animal… Les résultats de tous ces progrès sont spectaculaires. Les essarts se multiplient car les lourdes terres argileuses restées rebelles à l'araire ne résistent plus à la charrue. Le temps de l'expansion arrive…

Une agriculture plus efficace

Ainsi, l'image du paysan au Moyen Âge évolue au fil des innovations qui viennent sensiblement améliorer son travail et son existence. Les progrès dans la recherche d'un métal plus solide font que la faux est utilisée pour couper le foin tandis que la faucille est réservée à la moisson. Le moulin à eau et le moulin à vent remplacent la vieille meule à bras. Le collier d'épaules, de perfectionnement en perfectionnement, autorise les bêtes à tirer des charges de plus en plus lourdes. Avec le joug frontal et l'attelage en file, la force des bovins peut être mieux utilisée. Au-delà de l'agriculture, c'est tout le domaine du charroi qui est concerné. Le transport des marchandises est nettement amélioré par une mise en réseau des villes grâce à des nouvelles routes – pavées – et le levage de nouveaux ponts en pierre qui remplacent les vieux ponts en bois plus fragiles ; le convoyage des pierres pour la cathédrale est le symbole majeur du développement du charroi et de son importance grandissante dans l'économie médiévale.

Les cultures se diversifient. L'utilisation du fumier permet de diminuer les champs en jachères. En Hainaut et en Flandres, se développe la culture des plantes fourragères avec pour conséquence première une augmentation rapide de l'élevage.

En cette fin de XIIIᵉ siècle, les rendements agricoles ont pratiquement doublé par rapport aux temps carolingiens. Le temps des grandes famines semble s'éloigner.

De quarante millions d'Européens en l'an mille, la population passe à soixante-quinze millions au milieu du XIVᵉ siècle. C'est le temps d'une certaine prospérité liée aux progrès technologiques qui ont affecté l'agriculture : l'Italie et l'Angleterre doublent leur population, la France et la Hollande la triplent.

Gagner des terres nouvelles sur la forêt

Grâce aux défrichements, les paysans libèrent de nouvelles terres rendues nécessaires pour nourrir une population de plus en plus nombreuse ; ce sont les essarts, espaces nouveaux conquis sur la nature vierge par le déboisement et le débroussaillage. Le travail des essarteurs constitue lui aussi une véritable révolution agricole en étant à l'origine de la croissance économique. Paysans ou moines, la grande famille des essarteurs va modifier en quelques années le paysage médiéval.

Les droits des seigneurs vis-à-vis des paysans reculent au même rythme que la forêt sous les coups de hache des essarteurs. Les puissants encouragent les modestes à essarter afin d'agrandir leurs propres domaines ; en contrepartie, seigneurs ou abbés diminuent les redevances et les taxes sur ces nouvelles terres défrichées.

De nouveaux villages se créent grâce à cette victoire de l'homme sur la forêt. Des vilains commencent à posséder des terres conséquentes, des serfs bénéficient de mesures d'affranchissement. On voit progressivement apparaître des paysans possédant quelques économies devenir ainsi propriétaires de leur propre charrue et de leur attelage. Cependant il reste encore de nombreux paysans sans terres, accablés par des droits féodaux qui subsistent ; ils sont obligés de louer leurs bras pour survivre. Un nouveau couple apparaît alors dans la lecture de la paysannerie médiévale : on ne distingue plus serfs et vilains, le monde agricole est désormais organisé autour d'un autre binôme aux statuts et aux conditions de vie très contrastés, être laboureur ou être brassier. Le premier peut prétendre à une certaine indépendance, le second est condamné à se mettre au service d'un riche propriétaire.

Mais, en règle générale, les paysans restent plus ou moins méprisés par les deux autres ordres de la société

médiévale qui les qualifient de « manants » (du verbe
latin *manere* : « habiter ») en raison de leur grande
dépendance à l'égard de leur résidence. S'ils se
révoltent, ils seront écrasés sans pitié.

Les jacqueries

Initialement, le terme de jacquerie est employé
pour évoquer les révoltes paysannes de l'été 1358 qui
eurent lieu dans les campagnes d'Île-de-France avant
de s'étendre par la suite en Picardie, Champagne,
Artois et Normandie.

Parfois appelée *grant rage*, *fole commocion*, cette
esmeute du commun peuple s'explique aujourd'hui
en grande partie par la chute des prix des céréales, la
dissolution de l'autorité publique et le discrédit de la
noblesse qui a perdu son honneur sur les champs de
bataille ; la Grande Peste ne fera qu'accentuer le
tumulte. Pour les historiens, les jacqueries ont toujours été caractérisées par une extrême violence à
laquelle réplique une contre-violence tout aussi
atroce. Les jacqueries connaissent en effet toujours
une fin aussi brutale que leur déclenchement. Mais il
est faux de limiter les jacqueries au seul XIVe siècle.
Du Xe au XIe siècle s'organise une résistance paysanne face à la mise en place de la seigneurie banale
et du système d'exploitation qui en découle. Ces jac-

queries se limitent bien souvent à des retraites en forêt et à la désertion momentanée des terres du seigneur, même si quelques regroupements en bandes armées vivant de brigandage aux dépens des riches sont déjà attestés.

À l'image du célèbre plaidoyer du paysan Guillaume Carle comparant les paysans à des bêtes, les jacqueries de 1358 se veulent surtout un refus solennel de devoir supporter des prélèvements considérés comme injustes et iniques. La jacquerie, en dépit de son caractère extrêmement brutal, reste d'abord une revendication de dignité humaine.

UNE RÉVOLTE DE PAYSANS AU XIVᵉ SIÈCLE

Les jacques allèrent à un château, prirent le chevalier et le lièrent fort. Sous ses yeux, ils tuèrent la dame enceinte, puis le chevalier et tous les enfants et brûlèrent le château. Ainsi firent-ils en plusieurs châteaux et bonnes maisons. Chevaliers et dames, écuyers et demoiselles s'enfuyaient partout où ils pouvaient. Ainsi ces gens, assemblés sans chef, brûlaient et volaient tout et tuaient gentilshommes et nobles dames et leurs enfants sans miséricorde.

JEAN DE VENETTE, *Chronique latine*, XIVᵉ siècle.

Le paysage médiéval

Étymologiquement, le mot paysage désigne ce que l'on voit du pays, ce que l'œil embrasse. Le paysage est donc une apparence, une représentation, un ensemble de formes, d'éléments, d'objets et d'êtres perçus à travers les filtres d'une personne, de ses propres humeurs et de ses propres objectifs de vision. Il n'y a donc de paysage que perçu. Dès lors, se pose la vaste question de savoir – avant de voir – quels types de paysages les enlumineurs de Moyen Âge ont choisi de nous dépeindre. La réponse est bien sûr impossible à produire tant les paysages médiévaux se déclinent dans la plus grande des diversités.

En premier lieu, chaque ordre de la société médiévale semble posséder ses propres paysages. En effet, les paysans sont toujours représentés dans un paysage qui contribue à les qualifier : les champs, les vignes, la forêt, la campagne, les corvées, la ferme… L'Église possède elle aussi ses paysages attitrés : lieux urbains (cathédrale) ou ruraux (monastère, abbaye), lieux de savoir et de transmission (le *scriptorium*), lieux où se manifeste l'action charitable (hospice, hôtel-Dieu)… Les hommes de guerre que sont les chevaliers évoluent eux aussi dans des paysages qui leur sont exclusifs : le château, le combat, le tournoi, la croisade…

Au-delà de cette typologie simpliste des paysages médiévaux, il convient d'approfondir notre regard : il existe également des paysages spécifiques à l'enfer et au paradis, à la peste, à la mort... Comme il existe des paysages dédiés à la joie et à la gaieté. Les loisirs, la chasse, les promenades en forêt, la fête populaire ou les cours d'amour courtois contribuent à enrichir l'album. Il n'y a donc pas, pour les enlumineurs, un souci de restituer un paysage réel, mais plutôt celui de montrer un paysage symbolique en harmonie avec un ordre voulu par Dieu. Le paysage médiéval est forcément un paysage ordonné et conventionnel.

2

Les travailleurs des villes

Au Moyen Âge, l'artisanat et le commerce apparaissent rapidement comme les principales activités des villes, contribuant fortement à leur essor économique et à leur émancipation politique. Ainsi, dans le cadre de l'enceinte urbaine, les métiers organisés s'affirment progressivement comme les principaux acteurs d'une démarche visant à l'obtention d'une franchise, c'est-à-dire d'une liberté et d'une indépendance garanties par une charte officielle en échange de compensations financières accordées au seigneur, propriétaire de la terre sur laquelle s'est élevée la cité. La réussite économique des métiers urbains explique en grande partie le déclin irréversible de la société féodale, symbolisée par la victoire de la ville sur le château.

La naissance des corporations

En réalité, il faut attendre le XIIᵉ siècle pour observer la structuration officielle d'associations de type
purement et strictement professionnel. Jusqu'alors,
les confréries de métiers n'étaient que des groupe-
ments à vocation essentiellement religieuse. Encore
une fois, il convient d'être prudent avec le vocabulaire : hanses, guildes, confréries, offices, métiers,
communautés, bannières, jurandes, maîtrises…, les
mots ne manquent pas pour évoquer ce que nous nom-
mons aujourd'hui les corporations sans faire de distinctions dans l'espace et le temps médiévaux.

Il faut ensuite rappeler que les artisans et les marchands n'ont jamais été régis par une organisation
identique. Sédentaires et nomades ne peuvent, en
effet, adopter une démarche similaire pour mettre au
point des modèles et des statuts que tous souhaitent
durables et protecteurs. Associations de marchands et
associations d'artisans ne peuvent et ne doivent donc
pas être confondues.

Généralement, les artisans se groupent par quartiers pour des raisons assez faciles à deviner. Des
métiers – à l'image des teinturiers – sont souvent
dans l'obligation de s'installer en périphérie de la
ville ; des odeurs désagréables ou des nuisances
sonores trop fortes sont rarement acceptées dans le

quartier cathédral, cœur urbain par excellence dans lequel tous les métiers ne sont pas autorisés à ouvrir boutique ou tenir atelier. Très tôt, apparaît donc un véritable zonage de l'espace urbain qui se traduit par l'installation dans une même rue de métiers identiques. À l'image des quartiers, les rues commencent à se spécialiser. Ainsi, le gros bourg comme la ville possède rapidement sa rue des orfèvres ou sa rue des cordonniers. Nombreuses sont les miniatures qui représentent ces ruelles étroites où fleurissent des enseignes, symboles d'un temps où le peuple analphabète peut toutefois comprendre l'identité des lieux rencontrés grâce à un système efficace qui indique sans risque d'erreur d'interprétation le métier pratiqué dans le lieu ainsi enseigné. Auberges et tavernes adoptent la même signalétique basée sur une image unique, symbole de l'activité pratiquée ou du service rendu. Panneaux de bois peint, fer forgé, sculptures ou objets emblématiques décrivent sans équivoque le contenu de la boutique à des passants qui peuvent de la sorte se repérer dans un espace marchand et commerçant où rien n'est désormais laissé au hasard.

Des associations aux statuts divers

Sans entrer dans des détails trop complexes, il suffit de retenir l'existence de trois types de métiers au

moment où les corporations s'apprêtent à revendiquer
le contrôle des villes en lieu et place du seigneur ou
de l'évêque. Métiers libres, métiers réglés et métiers
jurés se partagent, à des degrés divers, l'espace et la
gestion de l'institution corporative médiévale.

L'idée de se « corporer » prend initialement racine
dans le souci et la nécessité de sécuriser les biens
autant que les personnes à un moment de l'histoire où
apparaît une ouverture économique sans précédent.
La société féodale ne peut désormais répondre aux
attentes des marchands, des métiers et des jeunes
villes. Un schéma plus favorable à la liberté d'entreprendre reste à inventer. La dynamique économique
se heurte alors à un cadre politique – le système féodal – devenu un obstacle sinon un carcan pour les
marchands et les artisans. L'heure est maintenant à la
quête de la reconnaissance d'une existence juridique
et à l'octroi de privilèges. Mais pour ne pas froisser
l'ordre établi, l'organisation corporative prend soin de
se légitimer au nom de la sécurité, de la qualité des
services et de la paix sociale qu'elle assure dans l'intérêt non seulement de ses membres, mais aussi et surtout de celui de toute la société médiévale.

Au bas de l'échelle des corporations, les métiers
dits libres ne sont en réalité soumis qu'aux seuls règle-
ments de police en vigueur dans la ville. Ils regroupent
généralement des métiers où la compétence professionnelle n'est pas liée à un long apprentissage. Ils
concernent également toutes les activités qui néces-

sitent des ressources humaines et matérielles peu conséquentes. Viennent ensuite les métiers réglés, soumis à la municipalité. Comme leur nom l'indique, ces associations professionnelles sont dans l'obligation d'observer une règle, cette dernière étant confiée à des officiers chargés de veiller à l'application stricte du règlement : temps d'apprentissage, heures et durée de travail, qualité des marchandises, prix faits aux clients… Enfin, le métier juré désigne la forme la plus noble des associations professionnelles, celle qui bénéficie du prestige d'un serment d'obéissance au pouvoir royal. Le métier juré devient rapidement le modèle obligatoire d'organisation corporative.

Dans chaque ville, la direction de chaque corporation est assurée par les maîtres qui, régulièrement, élisent en assemblée leurs représentants qu'ils nomment jurés ou gardes-métiers. Ces derniers se réunissent en chambre des métiers pour tenir leurs délibérations. À chaque séance sont examinés les litiges ou les problèmes survenus entre les maîtres de la ville ou les corporations. Les gardes-métiers ou les jurés agissent en véritables inspecteurs du travail ; ils veillent scrupuleusement à l'observation des règles en vigueur, ont le pouvoir de rendre justice et d'infliger des amendes à tout contrevenant. Conscients de l'importance du rapport de forces face aux puissants féodaux, les différents métiers jurés s'associent assez vite en fédération afin de défendre plus efficacement leurs intérêts communs. Progressivement, les corporations sont aptes à garantir la sécurité de l'approvisionnement de la ville, la permanence des produits de base, le maintien d'une qualité minimale pour les produits et les marchandises ainsi que la pratique de prix identiques afin d'éviter toute concurrence déloyale. L'ordre des métiers devient indispensable à l'ordre social. Dans la même dynamique, la chambre des métiers ressemble de plus en plus à un hôtel de ville. Elle est devenue le véritable lieu de pouvoir où se prennent les décisions dans l'intérêt de la communauté urbaine. Les gardes-métiers forment ainsi le conseil municipal avec à sa tête le plus expérimenté ou le plus sage d'entre eux, qui reçoit le titre de maire.

DES STATUTS TRÈS PRÉCIS POUR LES POTIERS

1. Quiconque veut être potier d'étain à Paris, le peut être franchement, pour autant qu'il fasse bonne œuvre et loyale, et il peut avoir autant de valets et d'apprentis qu'il lui plaira.

2. Nul potier d'étain ne peut œuvrer la nuit ni en jour de fête pendant la tenue de la foire urbaine. Quiconque le fera sera à 5 sols d'amende à payer au roi ; car la clarté de la nuit n'est pas suffisante pour qu'ils y puissent faire bonne et loyale œuvre de leur métier.

3. Nul potier d'étain ne peut ni ne doit œuvrer d'aucun ouvrage de son métier dont le métal ne soit bien et loyalement allié selon ce que l'œuvre le requiert ; s'il fait autrement il perd l'ouvrage et il est à 5 sols d'amende pour le roi.

4. Nul habitant ou autre, dans la ville ou en dehors, ne peut vendre aucun des ouvrages appartenant au métier des potiers d'étain dans les rues ni en son hôtel, si l'ouvrage n'est pas de bon et loyal alliage et, s'il le fait, il doit perdre l'ouvrage et payer 5 sols parisis au roi pour l'amende.

5. Nul ne peut ni ne doit vendre neuf pour vieux un ouvrage appartenant aux potiers d'étain ; s'il le fait il doit 5 sols d'amende au roi.

6. Les prud'hommes du métier des potiers d'étain demandent que deux prud'hommes du métier soient élus par le commandement du prévôt de Paris ; lesquels deux prud'hommes doivent jurer sur les saints, qu'ils garderont bien et loyalement ce métier en la manière dessus devisée et qu'ils feront savoir les contraventions du métier au prévôt de Paris ou à son mandataire.

7. Les potiers d'étain doivent le guet s'ils n'ont pas dépassé 60 ans.

8. Les potiers d'étain requièrent que les deux prud'hommes gardant le métier soient quittes du guet.

9. Les potiers doivent la taille et les autres redevances que les bourgeois de Paris doivent au roi.

Statuts des potiers d'étain
de la Ville de Paris en 1260.

Maîtres, compagnons et apprentis

À l'image de la chevalerie (page, écuyer, chevalier), la corporation est, elle aussi, hiérarchisée autour du chiffre trois, rappel d'une trinité omniprésente dans la société médiévale.

Tout en bas de l'échelle de la corporation jurée, il y a d'abord l'apprenti. À partir de douze ans, il peut, grâce à un contrat d'apprentissage, bénéficier de l'enseignement et de l'expérience d'un maître de la corporation. Le contrat est signé par le maître et par le père de l'apprenti. Ce dernier s'engage à payer le maître pendant toute la durée de l'apprentissage (qui peut aller jusqu'à sept années, en fonction de certains corps d'état). En contrepartie, le maître accepte de transmettre ses connaissances, de former le jeune apprenti et, détail important, de le loger et le nourrir tout en veillant à sa bonne santé.

Sans appartenir pleinement à la communauté corporative, l'apprenti n'en demeure pas moins un élément essentiel qui bénéficie d'une attention particulière. Le système corporatif a très vite compris l'intérêt d'une formation de qualité, n'hésitant pas à limiter le nombre d'apprentis par maître et par atelier, deux à trois maximum, en règle coutumière.

Une fois son temps d'apprentissage terminé, le jeune homme est généralement déclaré compagnon.

D'autres termes désignent parfois cet état : « valet » et « sergent » sont des mots courants, mais le terme de « compagnon » reste le plus usité dans le monde des corporations.

Le compagnon peut désormais percevoir des gages, ancêtre du mot « salaire » à partir duquel nous avons façonné les verbes « engager » et « désengager », le désengagement étant l'ancêtre du licenciement actuel.

Le compagnon travaille au service de son maître après l'accord officiel des jurés du métier. Mais le secret espoir du compagnon est de devenir maître à son tour. Si dans les premiers temps de l'institution corporative l'accès à la maîtrise est relativement ouvert, très rapidement cette promotion sociale est réservée aux fils des maîtres ou, à défaut, à leurs gendres, condamnant ainsi nombre de compagnons à une vie sans véritable espoir de promotion professionnelle et sociale. Il faut voir dans cette injustice le levain de la formation des premiers compagnonnages qui vont s'organiser clandestinement en réaction contre les corporations qui ont jalousement conservé leurs privilèges. Ces premiers compagnonnages, connus sous le nom de devoirs, se révoltent contre une double injustice : l'interdiction de quitter le maître sans son autorisation et une dévolution du titre de maître de plus en plus réservée aux seuls membres de la famille de ce dernier.

On devient maître par la présentation obligatoire d'un chef-d'œuvre, preuve de la maîtrise de son

métier. Mais, dans leur souci de verrouiller l'accès à
ce titre, les jurés ont progressivement installé des bar-
rières de plus en plus difficiles à franchir pour celui
qui n'appartient pas à la famille. Les droits d'entrée
et les taxes d'installation toujours plus élevés vont
décourager nombre de compagnons de se présenter à
la maîtrise. En outre, posséder des économies susceptibles de financer l'achat d'une boutique, le matériel
et les outils nécessaires, n'est pas à la portée du plus
grand nombre. Les gages versés aux compagnons
n'ont jamais permis de faire de substantielles économies.

Devenu un véritable carcan pour la majorité de
ses membres, le système corporatif résistera tant bien
que mal aux critiques grandissantes des compagnons
pour disparaître finalement dans l'élan de la Révolution française, non sans avoir été auparavant officiellement condamné par le ministre Turgot et par l'édit
de Versailles en 1776.

LES RUES DE PARIS EN 1297

Voici, d'après un livre de taille, les impôts à
acquitter par les marchands et commerçants de la rue
des Blancs-Manteaux. Comme on peut le constater,
la rue s'est spécialisée dans une activité particulière :

Pierre de Saint-Lô, tisserand   20 sous
Estienne le Breton, tisserand   20 sous

Evrouyn de Beauvais, tisserand — 20 sous
Guillaume de Bagneux, tisserand — 14 sous
Guillaume de Mantarville, tisserand — 12 sous
Henri de Villeneuve, tisserand — 7 sous
Jehan d'Anneel, tisserand — 8 sous
Geoffroi Porte-Épée, notaire — 20 sous
Guillaume d'Arras, parcheminier — 8 sous
Guillaume de Forges, tisserand — 58 sous
Henri de Bagneux, tisserand — 16 sous
Guiart de Sarcelles, tisserand — 48 sous
Thomas Travado, tisserand — 16 sous
Eudes de Gouvis, tisserand — 16 sous
Thomasse d'Anet, tisserande — 10 sous
Alain le Breton, tisserand — 6 sous
Simon le bufetier, marchand de vin — 20 sous

En revanche, certaines rues offrent aux passants plusieurs activités différentes, à l'image de la rue Saint-Germain à Paris, toujours d'après le livre de taille de 1297 :

Pierre Miton, regratier (revendeur) — 9 sous
Jehan Bonne, orfèvre — 12 sous
Raoul de Blangis, poulailler — 48 sous
Jehannot le cordonnier — 12 sous
Raoul le Normand, orfèvre — 12 sous
Jehan Quentin, orfèvre — 12 sous
Jehan le saucier, tavernier, et sa fille — 18 sous
Baudoin de Châtillon, tavernier — 30 sous
Jehannot, son valet — 10 sous
Jehan Cheval, hôtelier — 12 sous

Bertaut le Pevrier, orfèvre	6 sous
Raoul le Breton, tavernier	42 sous
Jehan Miete, poissonnier	4 livres, 12 sous
Maître Girard de Troyes	6 livres, 15 sous
Jehannot de Saint-Denis, orfèvre	8 sous
Jehan l'huilier	12 sous
Pierre Miton, pâtissier	8 sous

Les métiers du tissu

Dans l'économie médiévale, l'industrie textile tient une grande place. Comme toute activité liée au commerce et à l'argent, le travail des tissus est pris en charge par le système corporatif qui, en règle générale, n'admet pas les femmes en son sein. Le textile est cependant ouvert à celles qui peuvent travailler avec leur mari ou leur père. Les images confirment leur rôle important dans la chaîne du textile (tissage et filage notamment). Elles sont aussi chargées de la confection des dentelles, bonnets et autres coiffes. Il existe déjà des brodeuses de grand renom.

Le drap, un produit de luxe

Fabriquer une pièce de drap de trente mètres de long sur deux mètres de large nécessite une trentaine d'opérations distinctes dans des ateliers différents. Un tel travail exige cinq à six semaines. Le marchand drapier, qui achète la matière brute, dirige la réalisation de la pièce, surveille les différentes étapes du travail et rémunère les divers artisans associés à son entreprise. Parmi ceux-ci, il faut surtout souligner l'importance des cardeurs, des tisseurs, des fouleurs et des teinturiers, principaux intervenants dans la fabrication d'un drap.

Les Flandres, haut lieu de la draperie médiévale

En Flandres, une trentaine de corporations assurent le monopole de la fabrication d'un drap d'une qualité remarquable, célèbre dans l'Europe entière. Réalisé à partir d'une laine anglaise, le drap flamand est surtout apprécié pour sa robustesse. Une marque officielle de la corporation garantit l'authenticité du produit.

Le temps des bâtisseurs

L'imagerie médiévale est extrêmement riche en descriptions des chantiers de châteaux, abbayes, monastères et cathédrales, sans oublier les remparts urbains, symbole majeur de l'émergence du sentiment communautaire.

En fait, la lecture du monde des bâtisseurs du Moyen Âge doit se faire autour du passage de relais entre le bois et la pierre ou, en d'autres termes, de la victoire du maçon sur le charpentier.

L'arche de Noé, ou la glorification du bois

La première grande page de l'histoire des constructions est marquée par l'utilisation du bois. Ponts, maisons, châteaux sont initialement faits de bois. Les enluminures et les miniatures du début du Moyen Âge célèbrent la suprématie du bois avec la légende de l'arche de Noé, modèle emblématique du chantier idéal réalisé en bois.

En véritable architecte, Noé dirige le chantier d'une arche qui n'est autre qu'une demeure seigneuriale ou une cathédrale à ossature bois. Maître d'œuvre, Noé est celui qui commande charpentiers, huissiers, couvreurs... tous unis par la même tradition des métiers du bois.

Durant les premiers siècles du Moyen Âge, une simple palissade de bois bordée d'un fossé entoure une butte de terre, la motte féodale, surmontée d'une tour en bois. Ainsi, grâce au travail privilégié des charpentiers, naissent les premiers châteaux forts qui apparaissent cependant bien fragiles en temps de guerre car une simple flèche enflammée suffit à compromettre la fiabilité et la pertinence de la protection.

La tour de Babel, ou la victoire de la pierre

Mais l'essor économique lié au développement de l'agriculture et aux progrès technologiques va entraîner la victoire de la pierre sur le bois, trop fragile et surtout moins résistant. En pierre, les ponts peuvent supporter des charrois de plus en plus lourds, les châteaux se moquer des flèches enflammées, les demeures rendre la ville plus sûre au même titre que les enceintes en pierre apparaissent plus protectrices pour une population toujours soucieuse de sa sécurité.

Fort logiquement, l'image enluminée reflète alors cette victoire de la pierre sur le bois et, par là même, du maçon sur le charpentier. À l'arche de Noé, vantant le bois et le charpentier, répond désormais un autre modèle symbolique tout aussi fort et sacré : la tour de Babel. Elle souligne à présent la suprématie du maçon et la victoire de la pierre. Comme pour l'arche de Noé, il faut alors lire les innombrables images de Babel comme autant de transpositions des chantiers cathédraux qui nécessitent, à l'image de la construction légendaire, un rassemblement de milliers d'œuvriers avec un risque évident de confusion et de péché d'orgueil mis en relief par le modèle de Babel. L'image devient alors synthèse, mémoire mais aussi et surtout message religieux à destination de l'être humain : l'homme bâtisseur ne peut égaler Dieu, grand architecte de l'univers.

En observant bien les enluminures de l'arche, on constate systématiquement la présence de Dieu qui dirige et inspire les ordres de Noé. Nous sommes alors dans une autre dimension pour qualifier le rapport entre maître d'ouvrage (Dieu) et maître d'œuvre (Noé) : l'homme ne doit jamais oublier qu'il demeure tout petit face à la puissance divine.

Très significatives sont aussi les images qui représentent l'extension des villes et, surtout, leur souci d'être reliées entre elles par des routes pavées au détriment des forêts livrées aux essarteurs. C'est toujours cette victoire de la pierre (le pavé) sur le bois (la forêt) qui guide le dessin. Ce basculement bois/pierre qui s'opère à partir au XIe siècle a laissé des traces dans notre imaginaire à travers les contes et les légendes qui composent le panthéon des traditions orales de notre enfance. À titre d'exemple, le cas du Petit Poucet n'est rien d'autre que la transposition de cette opposition bois/pierre. Comment Poucet (fils de bûcheron, métier emblématique du bois) perdu dans la forêt (espace symbolique du bois) retrouve-t-il son chemin ? Grâce à une chaîne de petits cailloux, allusion on ne peut plus évidente au couple bois/pierre qui a tant marqué l'imaginaire des bâtisseurs et, au-delà, de toute la société médiévale.

Cinquième partie

LES LIEUX SYMBOLIQUES

1

La forêt, un espace très convoité

Dans l'espace rural médiéval, la forêt est perçue très tôt comme un lieu de travail et une véritable annexe des champs. Elle devient rapidement l'enjeu d'un conflit entre les trois ordres de la société médiévale. Ceux qui prient veulent y voir le désert propice à leurs ermites, ceux qui combattent perçoivent en elle un formidable territoire de chasse et d'entraînement et, enfin, ceux qui travaillent pour les puissants – clercs ou laïcs – entendent en tirer profit tant ses ressources semblent inépuisables.

L'UNIVERS FORESTIER

Tout un monde de boisilleurs la parcourait ou y bâtissait ses huttes : chasseurs, chercheurs de miel et de cire sauvage, faiseurs de cendre qu'on employait à la fabrication du verre ou à celle du savon, arracheurs d'écorces qui servaient à tanner les cuirs, ou même à tresser les cordes…

La chasse, à l'ombre des arbres, n'était pas seulement un sport, elle fournissait de cuir les tanneries, les ateliers de reliure des bibliothèques monastiques, elle approvisionnait toutes les tables…

Aux habitants des lieux avoisinants, la forêt offrait une abondance de ressources. Ils allaient y quérir, bien entendu, le bois : bois de chauffage, torches, matériaux de construction, planchettes pour les toitures, palissades des châteaux forts, sabots, manches de charrue, outils divers, fagots pour consolider les chemins. Ils lui demandaient en outre toutes sortes d'autres produits végétaux : mousses, feuilles sèches de la litière, faines pour en exprimer l'huile, houblon sauvage, et les âcres fruits des arbres en liberté – pommes, poires, alises, prunelles – et ces arbres eux-mêmes que l'on arrachait pour les greffer ensuite dans les vergers.

MARC BLOCH, *Les Caractères originaux
de l'histoire rurale française.*

La forêt nourricière

Omniprésente dans l'environnement médiéval, la forêt est d'abord le lieu qui abrite les ressources vitales pour les hommes. C'est avant tout un espace de cueillette qui offre en quantité champignons, racines, plantes, sucres – d'érable ou de bouleau –, feuilles pour composer les boissons et les médecines et, surtout, fruits parmi lesquels il faut rappeler l'importance de la châtaigne, aliment de base pour la table médiévale, surtout celle des plus humbles.

La forêt est ensuite une réserve de chasse sans équivalent. Les sangliers et les cervidés foisonnent et leur viande est très recherchée et appréciée. Les ours, les lynx et les loups qui menacent les troupeaux sont les proies privilégiées des chasseurs. Les bêtes y sont traquées pour leur viande, certes, mais aussi pour le danger qu'elles représentent pour l'homme et ses activités. D'autres animaux sont aussi recherchés pour leur fourrure, comme les écureuils, les hermines, les martres et les bièvres (les castors).

La chasse reste cependant le privilège des nobles. Depuis le XIe siècle, les roturiers et le clergé en sont exclus car, dans le cadre d'un système voulu par Dieu, rien ne doit détourner de leur fonction ceux qui travaillent et ceux qui prient. Ceux qui combattent justifient le privilège de la chasse comme une nécessité vitale pour l'intérêt de tous. En chassant, le noble s'aguerrit et entretient son adresse. Avec les tournois, la chasse constitue donc un excellent et indispensable entraînement pour les jours de guerre à venir.

Face à cette exclusivité de la chasse réservée aux nobles, le vilain est obligé de se réfugier dans le braconnage qui s'apprend généralement dès l'enfance.

LA FORÊT NOURRICIÈRE

Ils cueillaient des glands dans les bois,
Pour pain, pour viande et pour poisson,
Ils cherchaient le long des buissons,
Par plaines, vallées et montagnes,
Pommes, poires, noix et châtaignes,
Baies d'églantiers, mûres, prunelles,
Framboises, fraises et cinelles.

JEHAN DE MEUNG, *Roman de la Rose*.

La forêt réserve

La forêt est également une fantastique réserve de bois pour le chauffage et le petit artisanat, mais, aussi et surtout, elle propose un large choix d'arbres aux essences diverses pour alimenter la construction et l'art de bâtir. Mais le Moyen Âge a longtemps coupé son bois en fonction des besoins ponctuels sans véritable planification.

Pour construire les monastères, les églises abbatiales et les cathédrales, il faut disposer d'arbres centenaires. Face à ce constat, se sont progressivement mis en place des lieux interdits d'exploitation – les défens, les réserves – afin de protéger des essences de bois et des arbres de haute et belle futaie. *Le Livre de chasse* de Gaston Phœbus (xv\ :e siècle) illustre bien cet espace forestier désormais lieu d'opposition entre ceux qui entendent le défricher, ceux qui veulent y faire pâturer leurs troupeaux, ceux qui négocient le bois et ceux qui se plaisent à chasser.

Lieu de conflits de plus en plus fréquents, la forêt devra son salut à l'action conjuguée des rois, conscients d'une organisation à imposer, et des monastères – notamment cisterciens – soucieux de faire bon usage de ressources que l'on sait désormais fragiles et périssables.

Les gens des bois

Les images qui évoquent la forêt ne sont pas toutes composées de scènes de chasse ou d'essartage. Le peuple des boisilleurs est abondamment représenté dans ses diverses activités et, à côté des chasseurs et des défricheurs, figure également en bonne place le peuple sylvestre.

Ateliers et fabriques sont grandement tributaires du bois et du charbon de bois. Les métiers qui sollicitent le feu se doivent donc de disposer de réserves conséquentes pour alimenter les forges, les verreries et autres briqueteries si nombreuses au Moyen Âge. Des siècles durant, la forêt demeure la principale pourvoyeuse du bois de feu, première source d'énergie pour chauffer les maisons, cuire les aliments et faire fonctionner les forges. Charbonniers et forgerons vont donc fréquemment en forêt chercher la matière première nécessaire à l'ouvrage tout comme les charpentiers, les charrons, les sabotiers…

La forêt est alors le théâtre d'une intense activité que l'on a parfois du mal à apprécier aujourd'hui. Aux côtés des artisans du bois, les chercheurs de miel et de cires sauvages, les peleurs d'écorce, les rusquiers de liège, les gemmeurs de résine rencontrent les verriers, les plâtriers et les briquetiers de plus en plus nombreux à venir s'installer en forêt dans des abris provisoires constitués de cabanes en bois recouvertes d'un toit de terre.

Cette exploitation de plus en plus intense de la forêt entraîne une approche plus rationnelle. Chacun des métiers forestiers a sa saison particulière. Les enluminures déclinent ces heures et ces jours où tout un peuple s'active pour le bien-être de la communauté. Le bûcheronnage a lieu en hiver juste avant l'écorçage qui doit se faire impérativement avant la montée de la sève. Les charbonniers attendent généralement que le bois soit sec pour venir en forêt.

L'improvisation n'est plus de rigueur. Novembre est le mois de la glandée, qui voit le paysan mener en forêt son troupeau de porcs afin de le nourrir de glands qu'il fait tomber des chênes en lançant un bâton. En hiver, le peuple des pauvres cherche à s'engager à la tâche, les uns pour bûcheronner, les autres pour débarder ou donner un coup de main au peleur d'écorce. Une fraternité du bois est en train d'émerger.

La forêt refuge

Lorsque le château – ou la ville – n'est plus l'endroit synonyme de protection et de sécurité, la forêt apparaît parfois comme le refuge idéal face aux bandes de soudards et autres compagnies qui ravagent les campagnes. Elle est aussi le lieu des amours défendus ou impossibles, un refuge pour les amants adultères.

La forêt s'oppose ainsi à la norme des villes et des châteaux. Tous ceux qui sont en marge de la règle ou qui souhaitent vivre loin du regard des autres trouvent alors dans la forêt le cadre idéal qui leur permet d'échapper provisoirement ou durablement à un contrôle social ou religieux jugé trop étroit. Des voleurs aux lépreux, en passant par les hors-la-loi, la forêt devient alors le havre des proscrits et des bannis.

Défricher et essarter

Le Moyen Âge n'est qu'une incessante évolution dans les relations entretenues par l'homme et la forêt.

Depuis le haut Moyen Âge, déboiser est un acte de civilisation. C'est une victoire de l'homme sur la nature sauvage, c'est aussi symboliquement une victoire de la religion sur le paganisme.

Ce sont d'abord les monastères qui initient ce grand mouvement d'essartage en promettant aux essarteurs dont ils ont grandement besoin un avenir de tenanciers et de cultivateurs : religion et promotion sociale se conjuguent harmonieusement, la dynamique est lancée.

Les cisterciens sont en grande partie à l'origine d'un déboisement plus raisonné et calculé. On leur doit une mise en valeur agricole à laquelle participent manants et nobles, les uns par nécessité, les autres par intérêt, soupçonnant dans la forêt une nouvelle source de revenus plus qu'un ancien territoire de chasse.

Repaire des brigands, abri des bêtes féroces, territoire de chasse, demeure nourricière et guérisseuse, désert où les ermites viennent se détacher du monde, mais où vivent aussi les sorciers et les bannis, la forêt est devenue au Moyen Âge le lieu de tous les plaisirs et de tous les défis.

QUAND CHARLEMAGNE LÉGIFÈRE SUR LES FORÊTS

Que nos bois et nos forêts soient bien surveillés ; et là où il y a une place à défricher, que nos intendants la fassent défricher et qu'ils ne permettent pas de trop les couper ou de les endommager, et qu'ils veillent bien

sur notre gibier dans les forêts : et qu'ils s'occupent
également des vautours et des éperviers pour notre
service ; qu'ils perçoivent avec soin les cens qui nous
en viennent. Et que nos intendants, s'ils ont envoyé
leurs porcs à l'engrais dans notre bois, que nos maires
ou leurs hommes soient les premiers à payer la dîme
pour donner le bon exemple, de sorte que, par la suite,
les autres hommes paient complètement leur dîme.

Capitulaire de Villis, 800-813.

2

La ville, une nouvelle forme de sociabilité

Abritant les premières concentrations de population, les villes médiévales, à la différence de nos villes modernes qui sont des ensembles ouverts, sont fermées par une enceinte dont les fonctions sont autant symboliques que matérielles.

Les images du Moyen Âge insistent fortement sur les constructions de ces palissades, preuve parmi tant d'autres de l'importance d'un rempart en bois qui, progressivement, va laisser place à d'impressionnantes murailles en pierre protégeant non pas la totalité de la ville, comme semblent le suggérer les peintures, mais les points les plus stratégiques de la cité que sont les bâtiments publics et religieux.

L'essor des villes

Les XIe et XIIe siècles marquent, dans toute l'Europe, une période de développement des villes, tant en nombre qu'en importance au point de voir se transformer la société médiévale. Les révolutions et innovations technologiques qui affectent l'agriculture à cette époque, entraînant aussi une explosion démographique sans précédent, sont à la base de cet essor urbain. Des périodes de paix, un commerce sécurisé par une relative stabilité politique et sociale expliquent également le renouveau de l'activité urbaine qui, peu à peu, va s'affranchir des puissants, en particulier du pouvoir du seigneur local qui détenait jusqu'alors la terre sur laquelle la ville avait été édifiée.

Avec une économie à nouveau stimulée par l'augmentation du volume du commerce, on assiste alors à une véritable accélération du développement des villes. Cet essor urbain va avoir pour conséquence immédiate une explosion architecturale.

Initialement lieux de refuge et de protection, les villes deviennent alors des centres de savoir et d'éducation, à l'image des cathédrales qui commencent à abriter dans leur ombre les premières universités. L'augmentation de la population appelle dans une même dynamique l'augmentation de l'offre d'emplois qui attirent vers la ville un grand nombre de paysans, de petits marchands, de vagabonds qui viennent s'agglomérer avec des élites qui se sont organisées en corporations et se montrent capables de gérer la cité en toute indépendance, battant monnaie, rendant justice, édictant les lois, levant des impôts…

En monnayant sa franchise – sa liberté – vis-à-vis d'un seigneur toujours demandeur d'argent, l'ancienne ville située au pied du château est devenue une ville nouvelle, une ville neuve, une ville franche, autant de termes dont la toponymie est aujourd'hui porteuse d'indices.

À côté des trois ordres traditionnels qui composent la société médiévale, il faut à présent compter avec un nouveau venu, la bourgeoisie, qui cependant va être un temps confondu dans la classe de ceux qui travaillent, afin de ne pas perturber un ordre voulu par Dieu et défini deux siècles plus tôt.

Une nouvelle économie

Avec le développement du commerce européen et la structuration des corporations, les villes concluent des alliances entre elles et cherchent à, sinon mettre en place, du moins améliorer un véritable réseau d'échanges terrestres et maritimes. C'en est fini des pieds poudreux, ces marchands dans l'obligation d'être toujours sur les routes, ne considérant les villes que comme des entrepôts ou des bases logistiques. Désormais la ville est le pôle commercial par excellence, le lieu où se définit et se précise l'économie médiévale. Lieux de foires, de marchés et d'échanges, les villes deviennent également le théâtre privilégié d'un métier qui commence à s'affirmer comme indispensable à cette nouvelle économie : des changeurs professionnels pratiquent le prêt et le crédit autour d'une comptabilité de plus en plus fine ; comme ils sont assis sur un banc pour effectuer leur écriture, on les appelle… « banquiers ».

Une élite urbaine

L'insistance avec laquelle les enlumineurs représentent la ville à travers la construction de ses enceintes n'est pas due au hasard. Au-delà du rappel protecteur des solides remparts maçonnés par des œuvriers que l'on retrouvera sur les chantiers des cathédrales, l'enlumineur met en valeur le fort sentiment communautaire qui pénètre les mentalités citadines : un « nationalisme urbain » est en train de naître.

Avec sa cathédrale et ses murailles, la ville possède maintenant ses icônes identitaires qui symbolisent à la perfection le sentiment d'être unis au sein d'une communauté – la ville – qui se veut plus fraternelle et protectrice.

Du côté intérieur des remparts résident désormais les civilisés, les citadins, ceux qui ont accès à une forme de connaissance et à des pratiques que ne peuvent soupçonner ceux qui sont à l'extérieur : les barbares, les rustres, les sauvages. Pour simpliste qu'il soit, ce schéma mental va perdurer durant de nombreux siècles…

3

Le village, la cellule de base

Dans les temps médiévaux, la ville qui se développe reste cependant un univers minoritaire et quasi étranger pour la majorité de la population qui vit dans les campagnes. Le village constitue donc une cellule importante dont la forme et les fonctions vont connaître d'incessantes modifications à l'image du parcellaire qui l'entoure et le fait vivre.

Un espace pour les paysans

Avec l'essartage et la conquête de nouveaux sols justifiée par l'explosion démographique, la notion de village évolue sensiblement. À l'époque carolingienne, le village désignait différents habitats paysans : exploitations isolées, concentrations de cabanes familiales avec enclos de bétail, petites demeures dispersées souvent synonymes d'ateliers domestiques. Avec la désagrégation des clans familiaux, la dynamique impulsée par les gens de guerre désireux maintenant de regrouper leurs hommes autour d'eux et, enfin, l'essor de l'artisanat lié à la croissance démographique, le village connaît un profond bouleversement.

Les paysans se concentrent désormais autour d'une église et d'un cimetière car à côté du village des vivants, le village des morts contribue lui aussi à ancrer les hommes de la terre et à les fidéliser autour d'un lieu particulier, un lieu de mémoire. La paroisse offre ainsi un territoire de rassemblement idéal, avec son foyer de ralliement, voire de protection, qu'est l'église construite en pierre.

Le village est enfin et surtout un lieu communautaire organisé autour des points stratégiques que sont le moulin, le four, le pressoir, la halle, le lavoir et la forge.

La croissance du XIIe siècle entraîne des flux migratoires qui se traduisent par le peuplement de villages neufs et de nombreuses créations d'habitats dispersés. L'image si présente dans nos esprits et dans nos livres d'histoire qui dépeint le village médiéval situé au pied du château protecteur dont il s'affranchira par la suite demande donc à être fortement nuancée, tant le terme même de village a évolué durant le millénaire médiéval en fonction de l'espace et du temps : village perché, village de défrichement, village d'élevage, village atelier, village neuf, bastide…, le village offre de multiples visages qu'un regard unique ne peut englober.

Une réalité encore mal connue

Contrairement à la ville, la formation et l'évolution du réseau villageois restent assez mal connues, en dépit des recherches universitaires qui lui sont consacrées. Bien plus que les chartes de fondation ou la toponymie, à manier avec prudence, les réponses se trouvent plutôt dans l'archéologie associée à la photographie aérienne.

Du XIe au XIIIe siècle, l'Europe se couvre de villages neufs à l'initiative non pas des paysans eux-mêmes, qui n'ont jamais été les décideurs, mais sous l'impulsion des souverains, des seigneurs locaux et des abbayes. La sauveté, établissement agricole placé sous la protection de la paix de Dieu, et la bastide, agglomération mi-rurale, mi-urbaine répondant à des motivations militaires, montrent que le village ne peut plus être analysé à travers la seule référence des intérêts des paysans.

Le glissement de la population rurale qui commence à délaisser les hauteurs au profit de la plaine marque un tournant important dans l'histoire et la géographie des villages du Moyen Âge ; quant à la désertion provisoire des villages attestée au XIVe siècle et au début du XVe siècle, elle s'explique par les guerres, les épidémies et les famines, mais ce phénomène ne concerne pas toute l'Europe.

4

Le château,
lieu du pouvoir personnalisé

> Arnauld, sénéchal d'Eustache, comte de Boulogne, voyant que tout lui réussissait, et que tout répondait à ses vœux, disposa une écluse dans le marais près d'Ardres, à un jet de pierre de l'écluse du moulin, et une autre écluse. Entre deux, au milieu du marais de sable, d'une grande profondeur, il édifia une motte extrêmement haute, appelée aussi donjon éminent, entre les bases des escarpements voisins ; elle était symbole contre les sièges… il entoura l'espace d'un fossé extrêmement fort, incluant à l'intérieur le moulin.
>
> LAMBERT D'ARDRES, *Chronique*, vers 1060.

Tout comme la ville ou la forêt, le château est abondamment présent dans l'iconographie du Moyen Âge. Symbole fort des temps médiévaux, il est, comme eux, en constante évolution durant un millénaire. Loin de désigner une réalité unique, il fut centre économique et administratif, lieu de pouvoir, résidence du seigneur et de sa famille, espace de vie civile revêtu d'une carapace fortifiée, lieu de justice mais aussi de corvée, un symbole en somme, qui ne peut se satisfaire de quelques clichés réducteurs et récurrents.

Un *oppidum* de terre et de bois

Les plus anciennes forteresses médiévales s'inscrivent dans la tradition antique des *oppida* préromains, dont elles récupèrent les sites.

Jusqu'au IXᵉ siècle, la construction n'est qu'un refuge temporaire fait de terre et de bois sur une hauteur. Ce schéma est quasi général en Europe. C'est au cours du XIᵉ siècle qu'apparaît la volonté de combiner dans une même construction les impératifs militaires et les obligations de résidence. Ainsi, progressivement, le modèle édifié sur une motte, abritant une tour de bois ou de pierre ceinturée par une palissade, se transforme en un complexe fortifié. Bien évidemment, ce nouveau type d'édifice n'apparaît pas n'importe où ; ce sont d'abord les zones frontalières, notamment celles qui séparent mondes chrétien et musulman, qui accueillent cette nouvelle forme architecturale. La

Castille ibérique, interface entre deux religions qui s'opposent, va même donner son nom à cette nouvelle construction : *el castillo*, le château.

Le temps des fortifications

À partir du XIe siècle, le phénomène de fortification se développe, en raison notamment de la faillite de l'autorité publique. De délégation en délégation, le roi a perdu une grande partie de son pouvoir de commandement. Comtes, vicomtes, viguiers, évêques et abbés se réfugient alors derrière leurs chartes d'immunités pour revendiquer le droit de fortifier leur habitat et leur domaine. Ce n'est que plus tardivement, vers le XIIe siècle, que de simples chevaliers osent à leur tour construire des forteresses sur leurs terres.

Cette évolution n'est pas sans conséquence sur le paysage médiéval. La silhouette du château fortifié devient commune à toute l'Europe, et le pouvoir, désormais déconcentré, se trouve réparti en milliers de châtellenies éparses sur tout le territoire, tandis que le propriétaire du château est devenu souverain en son domaine.

Un centre de commandement,
une forteresse militaire

La compréhension du château fort passe par celle du pouvoir de commandement – le ban – de son propriétaire, qui concerne tous les habitants de la seigneurie, à l'exception notable des membres de l'Église et des chevaliers, ce qui revient à distinguer encore une fois le monde des paysans, le monde des manants.

Le pouvoir de commandement repose donc sur la puissance militaire qui impose le ban sur plusieurs lieux alentours (d'où le mot actuel de « banlieue »). Le château se doit d'abriter une garnison, gage du maintien de l'ordre seigneurial et synonyme d'une défense efficace face aux ennemis éventuels. Mais il n'y a pas de fortifications types. En fonction de l'espace et du temps, l'aspect militaire varie. Avec la période des croisades, notamment, l'art militaire évolue : le château construit au Moyen-Orient, par exemple, devient une forteresse susceptible d'accueillir quatre mille personnes.

QUAND LES TEMPLIERS ÉDIFIAIENT
UN CHÂTEAU EN TERRE SAINTE

Les fortifications sont dotées de fossés creusés dans le rocher, qui ont une profondeur de sept cannes (13,7 m) et une largeur de six cannes (11,7 m). Elles sont constituées de courtines qui ont vingt cannes (39 m) de hauteur, en largeur dix cannes (19,5 m), et forment un périmètre de 375 cannes (700 m). L'ensemble est considérable par l'ampleur des ouvrages avancés creusés dans la terre, et par les fossés dotés de souterrains. Au-dessus de ces tranchées, sous les ouvrages, les arbalétriers peuvent prendre position avec de grandes arbalètes, et défendre les abords sans être vus de l'extérieur. L'enceinte est flanquée de tours et d'ouvrages divers ; il y a sept tours, chacune de douze cannes de hauteur (23,5 m) et dix (19,6 m) de côté, le mur ayant deux cannes d'épaisseur (3,9 m) au sommet. On y remarque l'équipement considérable en balistes, perrières et en engins de tir ; l'arsenal est constitué d'armes nombreuses, d'une grande variété et d'un grand prix… Il faut approvisionner en temps normal pour 1 700 personnes, et, en temps de guerre, pour 2 200 soldats. Le service normal du château exige la présence de cinquante chevaliers ; trente sergents, avec chevaux et armes, trois cents arbalétriers, enfin huit cents serviteurs pour les tâches diverses.

De constructione castri Saphet, vers 1240.

Une résidence seigneuriale et princière

La réalité du château fort n'est qu'à moitié évoquée si l'on occulte sa fonction de résidence. Contrairement à des images fortement ancrées, l'aspect résidentiel n'est pas sacrifié au profit du critère militaire. À l'intérieur des châteaux, l'organisation de l'habitat est pensée et structurée de façon à ménager une intimité pour le couple seigneurial, le prince ou l'évêque. Mais les degrés de l'intimité vont de pair avec l'échelle sociale et peuvent être affectés par un élément perturbateur : la guerre.

Les images du château fort confirment la place essentielle de la salle, cadre central où se déroule la vie publique, du repas pris en commun jusqu'à l'administration de la justice. Les chambres sont aussi l'objet de nombreuses représentations. La chambre dite de parement sert à recevoir les hôtes prestigieux ; elle est le cadre privilégié pour jouer aux échecs.

À partir du XIVᵉ siècle, lorsque les moines n'ont plus le monopole de l'enluminure et des miniatures, les représentations du couple au bain ou au lit commencent à fleurir ; la chambre se rapproche du concept d'appartement privé et le château devient un lieu de civilité.

Le couple princier et sa vie intime

L'image peut parfois décrire ce que le texte refuse de traiter ou n'évoque que très partiellement. Dans le domaine de la vie conjugale plus que dans tout autre, la miniature est un véritable espace de liberté d'expression. La force de l'image vient de son indépendance vis-à-vis des mots et des phrases. Elle n'impose pas une interprétation unique ou une lecture figée une fois pour toutes. Chacun est libre de l'apprécier à sa manière et selon ses propres valeurs.

Le symbole du lit nuptial

La chambre est le lieu symbolique par excellence pour l'évocation de la vie intime du couple princier. Cet espace privatif du château ou du palais médiéval est d'abord peint sous l'aspect de la chambre nuptiale, celle d'où procède la légitimité du lignage. Cette chambre rituelle est l'unique lieu autorisé par l'Église pour commettre le seul péché de chair tolérable et toléré, car indispensable à la perpétuation du genre humain. Quelques scènes, relativement osées pour l'époque, suggèrent les ébats amoureux du jeune couple. À l'inverse, l'amour courtois a souvent pour cadre le jardin ou bien encore la cour du château, où

le noble servant et la dame de ses pensées sont systématiquement parés de leurs vêtements les plus somp-
tueux.

La réalité quotidienne

Mais les artistes médiévaux quittent régulièrement
les codes conventionnels et symboliques pour traduire tout simplement la réalité de la vie quotidienne
du couple. Discussions galantes ou disputes qui dégé-
nèrent en violence conjugale se retrouvent dans les
albums du Moyen Âge. Banquets, danses, promenades en forêts, chasse, constituent le lot des images
classiques qui ont pour vocation de traduire très partiellement la réalité de la vie à deux. La pudeur des
premiers temps s'estompe progressivement. Ainsi, à
partir du XIVe siècle, lorsque les baignoires et les étu-
ves se multiplient dans les chambres des châteaux et
des palais, la nudité est exprimée sans le voile du
symbole ou de la censure morale. La vie conjugale est
désormais mise à nue, dans tous les sens du terme.

5

Le monastère, lieu de prière et de travail

Les moines enlumineurs ne se sont pas privés de transposer en images leur cadre de vie sous ses aspects les plus divers. Bien plus que l'édifice lui-même, les enlumineurs ont tenu à mettre en valeur les hommes qui l'animent, en évoquant toute la gamme de leurs gestes et la diversité de la quotidienneté monastique partagée entre travail et méditation.

Le modèle de Saint-Gall

À côté du lieu de prière, élément identitaire essentiel, trois éléments constituent rapidement le socle fondateur de l'ensemble monastique : le cellier, le réfectoire et le dortoir, qui s'ordonnent autour d'une cour. La salle de réunion des moines, appelée salle capitulaire, n'apparaît qu'un peu plus tardivement.

Avec le célèbre plan de Saint-Gall, dessiné vers 820, le modèle idéal du monastère est couché sur le parchemin. Le spirituel et le matériel, les prières et le travail manuel peuvent et doivent se conjuguer et cohabiter harmonieusement ; le monastère doit mettre en valeur ce message. Galeries, infirmerie, jardins, chauffoir, latrines, bains, cuisine, verger et cimetière s'ordonnent progressivement autour des éléments fondateurs. Saint-Gall présente la structure classique d'un monastère médiéval où l'abbatiale occupe le centre, séparant l'espace réservé à l'abbé – au nord – de celui attribué aux moines – au sud.

Mais le modèle de Saint-Gall n'est qu'un modèle idéal. Certains ordres monastiques conçoivent leurs monastères en fonction des impératifs fixés par leur règle. Franciscains et Dominicains ne respectent pas une rigueur architecturale initialement définie pour un cadre rural. Implantés en milieu urbain, certains monastères manquent naturellement de place et doivent se contenter d'un espace foncier très restreint. Au contraire, libérés de toute contrainte liée à la ville, les chartreuses proposent deux cloîtres : un cloître modeste autour duquel sont bâtis les édifices consacrés à la vie communautaire et un cloître beaucoup plus grand entouré de maisonnettes où les moines peuvent vivre leur isolement.

Avec Cîteaux, la volonté de revenir à la rigueur primitive de la règle de saint Benoît est manifeste. De même que les éléments figuratifs sont bannis des vitraux, le monastère cistercien préfère une façade plate, pas de clocher ou de transept ; la préférence est accordée à la ligne droite au détriment de la ligne courbe : c'est le retour à la simplicité.

Un autre type de monastère est proposé avec les commanderies templières, qui comprennent généralement une chapelle, un cimetière, un édifice pour les frères et divers bâtiments agricoles. Ainsi, à l'image de bien d'autres réalités du Moyen Âge, le patrimoine architectural monastique relève d'une grande diversité.

Le moine au travail

En dépit d'approches très contrastées qui prennent leurs sources dans des conceptions différentes de l'idéal monastique, les différents ordres monastiques déclinent, à travers les œuvres de leurs enlumineurs, les trois grandes vocations de la vie monastique.

Le moine est d'abord un homme de Dieu, c'est-à-dire un homme de prière et de contemplation, un homme du culte. Il est aussi un homme d'étude, un intellectuel, un enseignant, un passeur de connaissances. Au cœur de cette seconde vocation, le *scriptorium*, lieu de reproduction, de conservation et de transmission des grands textes de l'Antiquité est, avec la bibliothèque, un des symboles majeurs de l'intelligence monastique.

Le moine est enfin un homme qui ne peut ignorer sa condition matérielle : du moine essarteur au moine jardinier en passant par le moine viticulteur, il entretient avec le travail manuel une relation privilégiée qui autorise un dialogue avec le divin autre que la prière. C'est ce dialogue que les images ont tenté de fixer jusqu'à la fin du XIIe siècle, période de la perte d'influence du monachisme traditionnel au profit des ordres mendiants, mieux préparés à affronter une nouvelle société médiévale, urbaine et porteuse d'hérésies à combattre.

6

La cathédrale, symbole spirituel et matériel

Lieu symbolique par excellence, la cathédrale rappelle tout d'abord l'importance de l'évêque qui a obtenu avec elle une église distinctive de sa fonction, lui permettant ainsi d'asseoir son autorité bien au-delà de la seule communauté chrétienne. Mais la cathédrale évoque beaucoup plus que le personnage épiscopal, aussi important soit-il. Symbole religieux, elle devient également l'emblème de la ville et de sa puissance.

Avec le gothique, la cathédrale prend une dimension nouvelle en associant à l'évêque toute une communauté urbaine unie autour d'un édifice qui marque désormais la réussite de la cité ; une cité qui a su se doter d'un monument remarquable grâce au savoir des bâtisseurs et à l'argent des métiers organisés en corporations, venu compléter les dons et les financements drainés par l'évêque et son chapitre.

Un nombre considérable d'images

Preuve de l'importance du monument, les enluminures et les miniatures relatives aux cathédrales se
comptent par milliers. Du chantier jusqu'à la consé-
cration, pas une étape n'a échappé aux enlumineurs
qui, pour l'occasion, ont tenté d'immortaliser des
moments qu'ils savaient essentiels pour l'histoire de
la civilisation chrétienne.

Fortement impressionnés par la technicité de la
construction, ces mêmes enlumineurs ont entrepris
d'illustrer l'enchaînement des différentes actions, des
plus modestes aux plus sophistiquées, dans des
images synthétiques qu'il faut décoder sous peine
d'appréhender le chantier avec un regard éloigné de la
vérité historique.

Symboles et conventions

Les dessinateurs du Moyen Âge ont, dans leur
immense majorité, mis en valeur les relations de respect et de confiance qui régissaient les rapports entre
maître d'ouvrage et maître d'œuvre. Ces deux personnages sans lesquels la cathédrale gothique n'aurait pu

voir le jour sont pratiquement toujours représentés de la même taille, sur un pied d'égalité.

Parfois, les moines enlumineurs sont tentés de ne mettre en relief que le seul maître d'ouvrage, l'évêque, afin de souligner le rôle essentiel d'un personnage qui a su trouver des architectes de talent et, surtout, qui a pu rassembler le financement nécessaire à ce chantier gigantesque. C'est aussi le moyen le plus sûr de rappeler la fonction majeure, sinon unique, de la cathédrale, qui se veut fondamentalement un lieu de prière.

On peut parler à juste titre d'une véritable obsession des peintres et des enlumineurs à représenter les diverses étapes de la construction. L'arche de Noé et la tour de Babel sont instrumentalisées et servent de décor à un chantier cathédral que l'on souhaite désormais sacraliser autour de ces deux mythes de chantiers extraordinaires. Avec Noé, ce sont les métiers du bois qui sont concernés, Babel étant consacrée à la glorification de la pierre. Plus que l'arche de Noé, la tour de Babel permet de figurer les animaux, le charroi, les œuvriers, les outils et les engins qui ont permis le levage des cathédrales. Très pédagogiques dans leur intention, ces images illustrent outils, appareils et techniques sollicités pour le levage de l'édifice ; elles sont d'un précieux secours pour mieux comprendre l'univers des chantiers médiévaux.

On notera enfin une convention partout appliquée en Europe : la distinction, parmi les œuvriers, entre les apprentis et les compagnons. Sur toutes les images

des chantiers cathédraux, les apprentis sont systématiquement représentés avec les chausses qui s'arrêtent
au niveau des genoux. Sur le chantier, ce simple détail
permettait de distinguer tout apprenti sans avoir à parler. À une époque où plusieurs langues et nationalités
se côtoyaient sur un chantier cathédral, on comprend
mieux la pertinence et la nécessité d'organiser le travail autour des niveaux de compétence des hommes.

On mesure ainsi les raisons de l'insistance avec
laquelle les légendes chères au compagnonnage
évoquent les fameux signes de reconnaissance que le
roi Salomon – ou son architecte Hiram – aurait insti-
tués lors de la construction du temple de Jérusalem.
L'image permet de mieux comprendre l'histoire du
Moyen Âge en rationalisant un domaine de mythes
fondateurs souvent victime d'un ésotérisme mal
placé. Dans l'iconographie médiévale, le temple de
Jérusalem n'est en effet rien d'autre que le modèle
emblématique de la cathédrale.

De fait, bon nombre de légendes se situant dans le
cadre du temple de Jérusalem doivent en réalité être
lues en fonction d'une autre grille de compréhension
qui prend racine dans l'espace urbain médiéval.

Sixième partie

LES GRANDES PEURS DU MOYEN ÂGE

1

La famine, un fléau sélectif

Dans l'imaginaire médiéval, l'Apocalypse tient une place centrale autour de laquelle s'ordonnent des attitudes et des comportements qui touchent, à des degrés divers, toutes les strates de la société. Les prédictions de saint Jean annonçant la fin du monde expliquent l'importance dans les mentalités de ces trois cavaliers de l'Apocalypse qui ont pour nom la famine, la guerre et la peste.

Un tableau à nuancer

L'angoisse de la pénurie et la lutte pour la survie ont constitué les deux axes majeurs de l'existence terrestre pour une grande majorité de la population médiévale. Mais, ici plus que dans tout autre domaine, il convient de nuancer un tableau souvent faussé par une vision trop misérabiliste de ces époques.

Le Moyen Âge n'est pas uniformément affecté par la famine. Les deux grandes périodes de faim se situent au début (le haut Moyen Âge) et à la fin (plus précisément du XIVᵉ au XVᵉ siècle). Dans l'intervalle, des espaces de prospérité ont relégué la famine au rang des mauvais souvenirs, transmis cependant de génération en génération par la mémoire médiévale.

Il convient ensuite d'insister sur le fait que toutes les classes sociales ne sont pas touchées par ce fléau. Pour reprendre l'expression imagée du médiéviste Pierre Bonnassie, « tandis que les uns sont en proie au besoin le plus pressant, les autres s'empiffrent ». Georges Duby n'hésite pas lui-même à évoquer ces « îlots de goinfreries » que sont, à ses yeux, les tables bien garnies du clergé et de la noblesse. La famine est donc sélective et ne frappe que les classes pauvres, ceux qui travaillent pour nourrir ceux qui prient et ceux qui combattent.

Durant le haut Moyen Âge, les grands épisodes de famine engendrent parfois des comportements anthropophages. Ces famines aiguës du début des temps médiévaux entraînent dans les couches les plus défavorisées un cannibalisme perçu comme l'ultime recours pour des hommes et des femmes bestialisés par la faim. Des textes du VIᵉ au Xᵉ siècle dénoncent régulièrement des hommes qui mangent des excréments, des animaux répugnants et, en dernière limite, de la chair humaine !

Une agriculture précaire

Ces grandes pénuries alimentaires radicalisent une sous-nutrition chronique due à une grande précarité des techniques agricoles, entraînant fort logiquement une production médiocre qui ne peut garantir la survie pour tous. L'outillage du haut Moyen Âge, presque exclusivement en bois, ne permet pas de travailler les terres les plus difficiles à mettre en valeur. Et les forêts et les marais demeurent, pour quelque temps encore, des obstacles infranchissables pour l'homme. Rendements et productions très faibles ajoutés aux intempéries et aux aléas climatiques engendrent donc la famine tant redoutée.

Ne pas mourir de faim

La famine a des conséquences sociales importantes. Pour ne pas mourir de faim, nombreux sont ceux qui se placent en servitude auprès d'un puissant qui promet, en contrepartie, d'assurer la nourriture de toute la famille du paysan devenu serf. Dans d'autres cas, le paysan propriétaire de son alleu se trouve dans l'obligation de le mettre en gage ou, pire, de le vendre afin de subvenir aux besoins d'une famille qu'il n'arrive plus à nourrir, perdant ainsi son indépendance économique. Dans tous les cas, le paysan est le grand perdant face à un seigneur qui a bonne conscience et à une Église qui approuve cet élan de charité, sinon de partage.

La détresse des masses rurales se traduit aussi par un travail accru. En défrichant et en essartant, le peuple paysan tente d'abord d'échapper à la famine, bien plus que d'obtenir une hypothétique propriété. L'extension de l'espace cultivé trouve ainsi sa principale raison. C'est donc très logiquement que les deux derniers siècles du Moyen Âge voient survenir de nouvelles périodes de famine, la surcharge de population issue de la prospérité rompant le fragile équilibre instauré quelque temps plus tôt. Une productivité qui stagne, des essarteurs qui ne gagnent plus de terres nouvelles, des seigneurs, à la recherche de nouvelles ressources, qui se lancent dans la guerre, constituent autant de facteurs aggravants. La Grande Peste ne fera qu'accentuer ce climat de catastrophe, sur fond de guerres qui arrivent toujours au mauvais moment pour le peuple des humbles.

2

La guerre, l'inévitable compagne

La guerre appartient à l'environnement habituel de l'homme médiéval. Même si les combats ne sont pas permanents et ne revêtent pas tous l'intensité de la trop fameuse guerre de Cent Ans, la guerre a régulièrement pesé sur les populations européennes, modelant sans cesse leurs mentalités au gré de l'alternance paix et guerre qui, bien malgré elle, rythme les jours, les mois et les années.

Une guerre aux multiples visages

Le terme de « guerre » est à manier avec prudence. Entre celles qui mettent en scène l'opposition de sentiments nationaux à travers des armées professionnelles et celles qui opposent deux seigneurs locaux pour des problèmes de voisinage, il convient d'établir une hiérarchie que le peuple du Moyen Âge pratiquait de lui-même.

Des conflits généralisés aux affrontements locaux en passant par les croisades ou les querelles entre les couronnes d'Angleterre et de France, la guerre témoigne aussi de l'évolution des techniques militaires, jusqu'au jour où l'apparition des canons et des mousquets met un terme à l'invincibilité des châteaux forts, tandis que les chevaliers en armures et les archers cessent d'être les maîtres des champs de bataille.

Les enluminures et les miniatures décrivent les multiples facettes de la guerre : chevauchées, embuscades, batailles rangées, sièges de ville… chaque forme de guerre possède son lot d'images très instructives sur la nature et la violence des combats.

La guerre est d'abord l'affaire des puissants qui, en l'occasion, justifient pleinement leur statut et leurs privilèges aux yeux des deux autres ordres. Les princes convoquent pour la circonstance le ban féodal et l'arrière-ban, expressions qui sont restées dans notre vocabulaire usuel. Si la chevalerie est, dans la première moitié du Moyen Âge, la grande actrice de la guerre, elle cède progressivement du terrain à l'infanterie composée de fantassins à qui il faut donner une solde : ce sont les premiers soldats de l'histoire.

Contrairement à la famine, la guerre concerne, certes avec quelques différences, toutes les classes de la société. L'épisode guerrier interpelle les plus modestes comme les plus puissants. Celui qui travaille risque de perdre tout ou partie de sa récolte, celui qui combat voit son château menacé, la ville est soumise au pillage et aux soudards en cas de défaite ; jusqu'aux gens d'Église qui, en dépit de la trêve ou de la paix de Dieu, n'arrivent pas à se faire entendre au milieu du tumulte des armes. Mais, paradoxalement, la peur de la guerre apparaît surtout en temps de paix.

Grandes Compagnies et grandes peurs

Les cavaliers de l'Apocalypse sont rarement des chevaliers qui, même si leur comportement est bien souvent critiquable en cas de guerre, sont néanmoins encadrés par un code et des préceptes qui évitent souvent une violence aveugle.

La guerre fait peur lorsqu'elle cesse, c'est-à-dire quand des hommes d'armes ne savent plus à qui louer leurs services. Ces aventuriers et autres mercenaires passent alors des contrats avec des capitaines et forment ainsi des compagnies de routiers, véritables bandes armées pouvant regrouper jusqu'à quatre cents hommes auxquels se joignent filles de joie, médecins et autres professionnels du charroi, de l'intendance et des cuisines… Ces Grandes Compagnies sont les plus redoutées de toutes. Dans l'attente d'une guerre, elles poursuivent leur vie itinérante et

pillarde, semant peur et insécurité sur leur passage.
Les villes les plus riches achètent leur tranquillité en
versant des sommes conséquentes à ces mercenaires ;
dans le cas contraire la cité est assiégée par des
hommes qui, quelque temps auparavant avaient peut-
être contribué à la défendre. Le Moyen Âge est aussi
le temps des paradoxes.

Dans les campagnes, la peur est encore plus grande,
car le peuple paysan n'a pas les moyens de se défendre
ou de payer, comme peut le faire le peuple urbain. Les
compagnies font fuir les paysans qui n'ont d'autre
solution que de se cacher en forêt, laissant champs,
bétail et habitats à la merci des pilleurs.

La peste,
un fléau envoyé par Dieu

Parmi les grandes épidémies qui frappent le monde médiéval, la peste occupe une place particulière. L'homme du Moyen Âge nomme « peste » ou « pestilence » à peu près toutes les maladies contagieuses, c'est pourquoi il convient aujourd'hui de considérer avec précaution toutes les épidémies attribuées à la peste, aussi bien dans les images que dans les textes produits par les contemporains de ces fléaux.

Bubonique ou pulmonaire, la peste, transmise par le rat ou par la toux, est hautement contagieuse et mortelle ; elle se propage rapidement en suivant les grandes voies de circulation.

Des cycles désormais bien connus

Deux grandes périodes de peste ont affecté les temps médiévaux. La première se situe entre le VIe et le VIIIe siècle, et touche indistinctement Orient et Occident. S'étant particulièrement développée en 542 à Constantinople sous le règne de l'empereur Justinien, elle sera « naturellement » baptisée « peste justinienne ». En Occident, les phases les plus aiguës se situent entre 570 et 588.

Après six cents ans de répit, l'Europe est à nouveau touchée à partir de 1347 : c'est la peste noire, la Grande Peste. Transporté depuis la Crimée par les galères de Gênes, le virus atteint Constantinople au milieu de 1347 et essaime très rapidement autour du bassin méditerranéen : toute l'Europe est concernée ; plus d'un tiers de la population va trépasser, entraînant ainsi une catastrophe démographique sans précédent.

LA PESTE DE CRIMÉE

Un beau jour d'octobre 1346, un navire marchand en provenance de Crimée entra dans le port de Messine, en Sicile, semant aussitôt l'épouvante dans le port ; sur leurs bancs de nage, les rameurs étaient à l'article de la mort, et des cadavres d'hommes d'équipage et de passagers jonchaient les ponts. Ceux qui transportèrent les corps à terre purent noter la présence de renflements noirs aux aisselles et à l'aine – coloration qui allait donner son nom à ce fléau du Moyen Âge que fut la peste noire.

De 1346 jusqu'en 1353, la peste noire déferla sur l'Europe, affolant les populations qui voyaient dans ce fléau un châtiment divin, frappant très durement les villes avec leurs ruelles étroites et leurs logis insalubres. Il faudra attendre le XIXe siècle pour que soit identifié le bacille de la peste – un bacille baptisé *pasturella pestis* – véhiculé par le sang du petit rat noir *Rattus rattus*, et transmis par les puces qui infestent le rongeur. L'épidémie était partie d'Asie méridionale et s'était propagée dans un premier temps vers l'ouest par les routes des caravanes. Mais, dans la mesure où les rats sont les compagnons fidèles des navires, le bacille ne tarda pas à se propager sur tout le rivage méditerranéen, puis à s'enfoncer à l'intérieur des terres via les cours d'eau.

JAMES HARPUR, *Le Moyen Âge*,
1995.

Le poids de l'imaginaire

Les poussées de peste se soldent par un important taux de mortalité que l'homme du Moyen Âge ne peut expliquer ni même endiguer. Les populations interprètent alors la peste comme un signe de la colère de Dieu. Pour tenter de l'apaiser, on organise des processions, des prières collectives et des pèlerinages. Mais ces rassemblements humains ne font que favoriser la contagion... Des individus tentent d'échapper à la maladie en fuyant vers la campagne ou dans les montagnes. La peur est à son paroxysme.

Dès lors, un climat de tension et d'exaspération frappe la population dans son ensemble. Au-delà du schéma simpliste opposant pauvres et riches, apparaissent des phénomènes appelés à se retrouver plus tard. Les minorités sont désignées comme importatrices du fléau : juifs et lépreux sont les premiers concernés par des massacres et des pogroms qui témoignent d'une peur panique, incontrôlée et incontrôlable ; et pour justifier leur massacre, on les accuse d'avoir empoisonné les puits et les rivières, ou même d'être à l'origine de la corruption de l'air !

La présence angoissante de la mort

Dans le domaine de l'image, comme dans celui des arts et de la littérature, la peste accélère une mutation des sensibilités. On la représente dans toute son horreur, soulignant les souffrances physiques et morales avec un réalisme étonnant. Textes comme images insistent sur la pourriture et la décomposition du corps. L'homme de cette époque est conscient qu'il vit un temps de malheurs et que l'avenir n'est qu'incertitude et pessimisme. Cette obsession de la mort envahit même la religion. L'image d'un Christ rayonnant de gloire et souriant laisse place à un Christ souffrant ou mort, sur la croix ou mis au tombeau, accompagné de saintes femmes en pleurs. C'est aussi le temps des vierges de douleur, des *mater dolorosa*.

Les images de la mort abondent encore dans les miniatures : des danses macabres aux ballades des pendus, la mort, squelette drapé dans un suaire, mène le bal macabre auquel tous participent, riches et pauvres, humbles ou puissants. L'art religieux se met en accord avec les craintes et les aspirations populaires. Comme l'a si bien exprimé le grand médiéviste Jacques Le Goff, « le Moyen Âge finissant butte contre le cadavre ».

Apprendre à mourir

La crainte du Jugement dernier est essentielle pour bien comprendre les mentalités médiévales. Chez les humbles, la mort est appréhendée comme une manifestation de l'impuissance humaine face à la grandeur divine ; il convient donc de suivre fidèlement les préceptes de l'Église afin d'éviter de finir en enfer, un

enfer connu de tous car mis en images autour de
thèmes effrayants : gouffre infernal, chaudrons de
liquide bouillant, démons aux gueules béantes qui
engloutissent des damnés dont les visages trahissent
un grand effroi.

Dans les couches aisées de la population, la relation
avec la mort est sensiblement différente. Une idée
prend corps progressivement : il faut se préparer, tout
au long de sa vie, à l'art de bien mourir. Au-delà d'un
comportement chrétien fait de charité et d'aumônes,
de participation aux offices religieux et aux pèlerinages, il faut surtout se préparer à affronter la mort
par la prière et la méditation, mais également en accé-
dant à la connaissance des textes sacrés, notamment
au moyen des livres d'heures qui suivent les rythmes
de la journée et de l'année liturgique.

Aux notions d'enfer et de paradis est associée celle
d'un lieu – le purgatoire – où les morts peuvent séjour-
ner pour être « purgés » de leurs péchés. Bernard de
Clairvaux (1091-1153) résume cette répartition en
trois lieux (comme la société est répartie en trois
ordres) : au paradis, les bienheureux peuvent contem-
pler Dieu ; en enfer, les damnés souffrent pour l'éternité ; au purgatoire, les morts peuvent se purifier.

Apparaît alors la notion de pénitence, en même
temps que la pratique du jeûne et l'austérité se popula-
risent, parallèlement à la recrudescence des prédications.

Reste enfin à organiser sa mort. Il faut d'abord

penser à bâtir ou aménager une sépulture familiale ; il faut ensuite rédiger un testament dans lequel sont consignés des points particulièrement importants : les sommes ou les biens à donner à l'Église, la répartition envers les héritiers et, élément essentiel pour le futur défunt, régler dans le détail le déroulement des obsèques. Certains iront même jusqu'à organiser une répétition !

4

Les visages de la peur

De la sorcière au pestiféré dépeint parfois comme un être possédé par le démon, les enlumineurs médiévaux ont fait preuve d'un talent certain et d'une imagination féconde pour tenter de fixer sur du parchemin les représentations des peurs qui hantaient leurs contemporains.

Au XIVe siècle, le moine cistercien Guillaume de Digulleville écrit *Le Pèlerinage de la vie humaine*, merveilleux conte initiatique enluminé par de superbes images où la peur est maintes fois évoquée. Dans cet ouvrage, comme dans la société de l'époque, seule la foi permet de surmonter toute peur.

L'homme du Moyen Âge a toujours craint de côtoyer les malades, infirmes et autres handicapés de la vie. À plus forte raison, il associe une peur panique aux êtres atteints par la lèpre et plus encore par la peste. Cette emprise de la peste dans l'univers mental a eu, bien évidemment, des répercussions dans l'imagerie. Êtres difformes aux visages répugnants sont bien souvent les clichés récurrents du pestiféré ou du lépreux. Les premières représentations imagées de corps ouverts par les chirurgiens éprouvent quelques difficultés à se détacher d'un sentiment de peur omni-présent chaque fois qu'il s'agit d'affronter un univers inexploré.

Glossaire

ADOUBEMENT

Nom donné à la cérémonie qui transforme un écuyer en chevalier. Rituel laïque à ses débuts, l'adoubement prend très rapidement un caractère religieux de plus en plus marqué.

AIDE

Service dû par le vassal envers son seigneur. L'aide comprend des obligations militaires et financières.

ALLEU

Toute terre affranchie de redevance ou d'obligation. Par extension, le mot peut se rapporter à d'autres biens immobiliers (maisons et domaines).

ANTHROPO-ZOOMORPHISME

Représentations enluminées ou sculptées de créatures imaginaires moitié homme, moitié bête.

APANAGE

Terre attribuée par le roi à ses fils cadets afin de les dédommager de ne pouvoir prétendre à la couronne, réservée au fils aîné.

APPAREILLAGE

Technique de taille et d'agencement des matériaux (pierre et bois).

ARCHÉTYPE

Manuscrit qui a servi de modèle à d'autres manuscrits.

ARTS LIBÉRAUX

Les sept disciplines dans lesquelles se décline l'enseignement classique du Moyen Âge et qui se répartissent en deux ensembles : le *trivium* (grammaire, rhétorique et dialectique) et le *quadrivium* (arithmétique, géométrie, astronomie et musique).

ASSOLEMENT

Alternance de plusieurs cultures sur un même terrain agricole afin de préserver la fertilité du sol.

AUMÔNE

Dons faits à l'Église en échange d'une conciliation avec les forces divines. Toutes les classes sociales du Moyen Âge sont concernées par l'aumône. Du petit lopin de terre du paysan jusqu'au domaine entier d'un puissant désireux d'apaiser sa terreur vis-à-vis d'une mort prochaine, l'aumône est à la base de la constitution des premiers trésors de l'Église, au sein même de laquelle elle deviendra rapidement un sujet de controverses.

BAN

Droit de commander et de sanctionner qui s'étend sur un espace bien délimité (le mot banlieue prend son origine dans le ban qui s'étend sur plusieurs lieues). Initialement lié au pouvoir de commandement du chef de guerre, le ban, par extension, désigne ensuite l'ensemble des hommes tenus au service militaire sous les ordres du roi. Ainsi, quand le roi convoque le ban et l'arrière-ban, il sollicite ses vassaux directs et les vassaux de ces derniers.

BÉNÉDICTIONNAIRE

Du latin *benedicere*, « bénir ». Désigne tout livre ou recueil liturgique des bénédictions dites par l'évêque au cours de la messe, à l'occasion des différentes fêtes de l'année.

BESTIAIRE

Iconographie animalière d'un manuscrit ou d'un décor sculpté.

BOUILLON

Clou de métal à grosse tête ornant les plats des reliures anciennes.

CAPITULAIRES

Actes législatifs des rois mérovingiens et carolingiens.

CARTOUCHE

Cadre ou encadrement destiné à mettre en valeur une inscription ou un blason.

CARTULAIRE

Recueil des chartes et documents divers relatifs à une abbaye ou une communauté.

CASTRUM

C'est tout d'abord le nom réservé au camp temporaire ou permanent d'une armée romaine ; par la suite, le mot désigne toute position fortifiée.

CÉNOBITE

Du grec *koinobion*, vie en commun. Moine qui vit en communauté.

CENSIVE

Nom donné à une tenure paysanne concédée à titre provisoire ou à perpétuité sans être imposée en service de travail ou de corvée envers son propriétaire. Sur ce point, la censive s'oppose au manse qui, lui, est chargé de nombreuses corvées.

CHAMPART

Part prélevée par le seigneur sur les récoltes (champ / part). Désigne également un mélange de blé, d'orge et de seigle semés ensemble.

CHARTE

Ancien titre qui précise les franchises et les privilèges.

CHÂTEAU FORT

Demeure seigneuriale fortifiée, le château fort est aussi et surtout le centre symbolique et militaire du pouvoir du seigneur.

CHÂTELLENIE

Juridiction où le seigneur exerce son droit de ban, c'est-à-dire ses pouvoirs politique, administratif et juridique.

CHEVAGE

Nom attribué à la redevance annuelle due par les serfs.

CHRONIQUES

Ouvrages souvent rédigés par les ecclésiastiques afin de décrire l'histoire « officielle », année par année.

CHRYSOGRAPHIE

Du grec *khrusos*, « or ». Écriture en lettre d'or ou enluminure dorée, fréquente dans l'art carolingien.

CODEX

Livre manuscrit composé de feuilles de parchemin pliées et cousues ensemble. Au pluriel, *codex* donne *codices*.

COLOPHON

Terme qui désigne l'annotation placée à la fin d'un manuscrit et indiquant la nature du texte, le lieu et la date de sa copie et, le plus souvent, le nom du copiste. Le colophon précise plus rarement le nom du commanditaire et le salaire versé.

COMMISE

Dans le droit féodal, la commise n'est autre que la confiscation par le seigneur du fief d'un vassal qui a trahi ses obligations.

COMMUNE

À l'origine, la commune rassemble une communauté jurée (par un serment d'entraide) des habitants d'une ville. Unie autour d'un espace territorial bien précis, la commune, grâce à son dynamisme économique, constitue, à partir du XIᵉ siècle, l'élément essentiel de la contestation généralisée du pouvoir des seigneurs ou des évêques sur la ville.

COMPAGNIES

Petits groupes de mercenaires qui se regroupent parfois en de véritables armées (les Grandes Compagnies) semant la terreur dans les terres traversées. Elles disparaissent à l'aube du XVᵉ siècle.

COMTE

Du latin *comes*, «compagnon». À partir des carolingiens, le comte devient le représentant du roi dans un espace précis et connu sous le nom de comté.

CONVERS

Dans les monastères, les frères convers, n'ayant pas

prononcé les vœux monastiques, ont des occupations subalternes relatives à la vie matérielle du monastère.

CORPORATION

Association de gens de métiers unis dans l'observance d'une discipline collective, la corporation désigne en fait plusieurs réalités médiévales connues sous des appellations fort différentes : métiers, guildes, jurandes, hanses, confréries, bannières, offices…

CÔTÉ CHAIR

Désigne la face du parchemin qui adhère aux muscles de l'animal.

CÔTÉ POIL

Indique la face du parchemin où la toison de la bête a été rasée.

COUTUME

Terme très important dans le droit médiéval. Il s'agit des usages et des pratiques (us et coutumes) qui, par le poids du temps et de la tradition, ont obtenu force de loi.

DÎME

Impôt versé à l'Église (parfois au seigneur) correspondant généralement au dixième des récoltes.

DIPLÔMES

Actes solennels des souverains et des puissants authentifiés par un sceau.

DIPTYQUE

Ouvrage de peinture ou de sculpture composé de deux volets ou de deux tablettes.

DOUAIRE

Droit accordé à l'épouse survivante sur les biens de son mari défunt.

DROIT RÉGALIEN

Droit du roi à percevoir les revenus des évêchés vacants. Ce droit régalien était aussi nommé la régale temporelle.

DRÔLERIE

Représentation d'un être imaginaire (homme ou animal) ou d'une scène grotesque, située dans les marges des manuscrits gothiques.

ÉCOLÂTRE

Ecclésiastique qui dirige une école cathédrale ou une école rattachée à une abbaye.

ÉCROUELLES

Nom donné à toutes les plaies d'origine tuberculeuse. Le jour de son sacre, le rituel commande au roi de toucher les écrouelles de quelques sujets malades afin de signifier que lui est conféré le pouvoir de guérir.

ÉRÉMITIQUE

Du grec *eremos*, « désert ». Désigne la vie d'un moine vivant dans la solitude pour prier et faire pénitence.

ÉVANGÉLIAIRE

Livre liturgique comprenant les passages des Évangiles lus pendant la messe.

EXCOMMUNICATION

Sanction d'exclusion d'un chrétien de la communauté des fidèles. Il convient de distinguer deux types d'excommunication : mineure, elle prive l'excommunié des sacrements ; majeure, elle lui refuse en outre l'inhumation en terre bénite et lui interdit les relations avec les autres fidèles.

EXPLICIT

Ensemble des mots terminant le texte d'un manuscrit.

FÉODALITÉ

Du latin *feodum*, « fief ». Ce terme désigne l'ensemble des relations qui lient vassaux et suzerains. Organisation politique et sociale très hiérarchisée, la féodalité repose sur les alliances et les mariages.

FIEF

Terre (ou autre bien) accordée par le seigneur à son vassal en échange de services et d'engagements contractés.

FOR

Il faut distinguer deux types de for. Le for intérieur qui, dans la juridiction ecclésiastique, désigne la conscience de chacun. Quant au for extérieur, il évoque l'autorité et la puissance de la justice qui s'exerce sur les personnes et les biens. En vertu du privilège du for, tous les clercs ne doivent rendre des comptes que devant un tribunal ecclésiastique.

Franco-saxon

Se dit d'un membre d'une école d'enluminure de l'époque carolingienne dont l'origine se situe dans les monastères du Nord de la France.

Frontispice

Feuille illustrée placée avant la page de titre.

Gabelle

Impôt indirect sur le sel.

Gyrovagues

Moines errants et mendiants.

Hommage

Acte solennel qui lie un vassal à son seigneur. Le vassal accepte de se mettre au service du seigneur en lui promettant aide militaire, conseil et fidélité. En échange, le seigneur accorde un fief à son vassal et l'assure de sa protection.

Hommage lige

Dans la mesure où tout vassal peut prêter plusieurs hommages, donc être susceptible d'aider plusieurs seigneurs, l'hommage lige établit une hiérarchie en s'imposant sur tous les autres. En cas de conflits entre plusieurs seigneurs qui ont pu lui accorder des fiefs, le vassal se doit alors d'honorer en premier l'hommage lige, ne pouvant diviser son soutien militaire entre les diverses parties concernées. À partir du XIIIᵉ siècle, le roi de France tente d'imposer l'hommage lige à ses vassaux directs afin d'asseoir son autorité.

IMMUNITÉ

Privilège accordé par le roi à certains grands domaines, généralement des domaines ecclésiastiques. Grâce à cette immunité, le domaine peut s'administrer lui-même et éviter ainsi un nombre conséquent d'impôts.

INCIPIT

Premiers mots d'un texte dans un manuscrit.

INITIALES

Le Moyen Âge distingue trois types d'initiales. L'initiale figurée n'est autre qu'une initiale dans laquelle le corps ou la charpente même de la lettre est constitué par des personnages ou des animaux ; l'initiale habitée, où le corps de la lettre devient le support d'une scène représentée ; enfin l'initiale historiée, dans laquelle le corps de la lettre sert simplement de cadre à une scène.

INTERDIT

Sentence ecclésiastique défendant à un clerc d'exercer son magistère ou interdisant l'exercice du culte dans un lieu bien précis. L'interdit empêche donc la célébration des offices et le don des sacrements. Parfois, l'interdit va jusqu'à se concrétiser par l'obstruction des portes de l'église avec des broussailles, tandis que les cloches se voient imposer le silence.

JACHÈRE

Terre laissée provisoirement au repos afin de pouvoir en extraire ultérieurement une meilleure récolte.

JACQUERIE

Révolte violente des paysans envers les seigneurs. Les jacqueries sont surtout très nombreuses dans la première moitié du XIVe siècle.

JACQUETS

Surnom donné aux pèlerins de Compostelle.

LECTIONNAIRE

Livre liturgique contenant les lectures bibliques lues ou chantées à la messe.

LIVRE D'HEURES

Livre de dévotion destiné à l'usage des laïcs, conçu sur le modèle du bréviaire des clercs.

LOI SALIQUE

Elle tire son origine d'un article inscrit dans la loi des Francs Saliens (fin du Ve siècle) précisant que l'héritage ne peut en aucun cas être transmis à une femme. Cette loi est réactivée au XVe siècle par la dynastie des Valois soucieuse de protéger la dévolution de la couronne, susceptible de tomber entre les mains des Lancastre.

Maison morte

Se dit d'une demeure seigneuriale fortifiée qui ne constitue pas le centre d'un fief ou d'une châtellenie.

Manœuvrier

Paysan qui loue ses bras aux voisins car il ne possède pas assez de terre pour faire vivre sa famille.

Manse

Exploitation agricole dont la vocation majeure est de nourrir une famille, attribuée en usufruit par son propriétaire.

Marche

Nom donné à une région frontalière qui nécessite une présence militaire. Son commandant est appelé marquis.

Mystère

Pièce de théâtre à thème religieux. Les mystères sont joués sur les parvis des cathédrales et peuvent durer plusieurs jours.

Ordalie

Censée établir la culpabilité ou l'innocence de l'accusé, l'ordalie est une épreuve physique (par l'eau, le feu…) placée sous la tutelle et l'autorité divine. La sentence de l'ordalie est donc sans appel possible.

OTTONIEN

Qualifie une période importante de l'enluminure alle-
mande se situant aux Xe et XIe siècles.

PAIX DE DIEU

À partir du Xe siècle, l'Église parvient à établir la paix de
Dieu afin de limiter autant que possible les guerres privées.
Cette paix de Dieu instaure surtout l'inviolabilité de certains
lieux (les édifices religieux en particulier) et de certaines
personnes (clercs, mais aussi pèlerins, femmes, enfants…).

PSAUTIER

Recueil liturgique des psaumes de l'Ancien Testament
qui servent à la célébration des offices.

RÉFORME GRÉGORIENNE

Nom donné à la réforme impulsée surtout par le pape
Grégoire VII (1073-1085) visant à affranchir l'Église de la
tutelle des laïques.

RÉSERVE

Partie d'un domaine réservée à l'exploitation directe par
le maître et ses agents.

ROULEAU

Forme antique du livre (*volumen*) qui s'oppose au *codex*.

RUBRICATEUR

Copiste spécialisé dans l'exécution des titres et la déco-
ration mineure à l'encre de couleur.

SACRAMENTAIRE

Ancêtre du missel, pour l'usage du prêtre ou de l'évêque. Il comprend le texte de la messe, de la célébration des sacrements, des bénédictions et des consécrations.

SAINT-GALL

Ermitage fondé vers 614 (Suisse alémanique) par un moine irlandais, devenant, à partir du VIIIe siècle, une abbaye bénédictine appelée à connaître un rayonnement important grâce à ses ateliers de copistes et ses écoles de chant.

SCAPULAIRE

Pièce du costume monastique comprenant un capuchon et deux pans d'étoffe rectangulaires, couvrant la tête et les épaules et retombant sur le dos.

SCRIPTORIUM

Atelier du monastère où les moines copient et ornent les manuscrits.

SERF

Paysan non libre placé sous l'entière dépendance du seigneur à qui il doit un grand nombre de redevances et d'obligations. Le servage est héréditaire, mais ne doit cependant pas être confondu avec l'esclavage, le serf ayant une personnalité juridique, une famille et un patrimoine propre.

SOLE

Chacune des parties d'une terre destinée à l'assolement.

TAILLE

Impôt perçu par le seigneur en vertu de son droit de ban. La taille est un prélèvement qui, initialement, est payé en nature sur les ressources des hommes de façon arbitraire et irrégulière. À partir du XIIᵉ siècle, la taille se transforme en une redevance annuelle et fixe, généralement payée en deniers.

TERRAGE

Impôt direct prélevé par l'agent du seigneur sur les récoltes d'un tenancier. Le terrage est proportionnel à la récolte.

TONLIEU

Droit de péage et de marché exigé par l'agent du seigneur sur les marchandises et les produits transportés par eau ou par route.

TRÈS RICHES HEURES DU DUC DE BERRY (LES)

L'un des plus beaux manuscrits du Moyen Âge réalisé au début du XVᵉ siècle par les frères Limbourg, pour le prince Jean de France, duc de Berry, grand mécène.

TRÊVE DE DIEU

À ne pas confondre avec la paix de Dieu. La trêve de Dieu est bâtie sur un serment prêté de ne pas guerroyer pendant certains jours de la semaine et certaines périodes de l'année ayant souvent une résonance symbolique dans le calendrier chrétien. Tout contrevenant s'expose à une excommunication.

VOLUMEN

Livre antique en forme de rouleau sur lequel le texte est écrit perpendiculairement à l'axe d'enroulement.

Bibliographie

Parmi la multitude de publications relatives au Moyen Âge, nous n'avons retenu ici que quelques repères historiographiques majeurs qui nous semblent indispensables. Loin d'être exhaustive, cette liste se veut surtout un éclairage sur quelques-uns des livres basiques pour une approche médiévale considérée sous ses aspects historiques, religieux, économiques et sociaux. Nous avons également tenu à indiquer quelques références relatives aux techniques du livre et des enluminures médiévales.

BARRAL I ALTET (Xavier), *Compostelle, le grand chemin*, Gallimard, 1993.

BOIS (Guy), *Crise du féodalisme*, FNSP, 1976.

BONNASSIE (Pierre), *Les Cinquante Mots clés de l'histoire médiévale*, Privat, 1981.

CHÉLINI (Jean), *Histoire religieuse de l'Occident médiéval*, A. Colin, 1968.

COLLECTIF, *Archéologie du livre médiéval*, CNRS, 1987.

COLLECTIF, *Le Livre au Moyen Âge*, CNRS, 1987.

COLLECTIF, *La France médiévale*, Nouveaux loisirs, 1997.

CONTAMINE (Philippe), *La Guerre au Moyen Âge*, PUF, 1980.

DELORT (Robert), *La Vie au Moyen Âge*, Seuil, 1982.

DELORT (Robert, dir.), *La France de l'an Mil*, Seuil, 1990.

DELORT (Robert), *Les Croisades*, Seuil, 1988.

DEVAUX (Jean), *Chefs-d'œuvre de l'enluminure primitive*, Cremille, 1989.

DUBY (Georges), *Des sociétés médiévales*, Gallimard, 1971.

DUBY (Georges), *Guerriers et Paysans*, Gallimard, 1973.

DUBY (Georges), *Le Dimanche de Bouvines*, Gallimard, 1973.

DUBY (Georges), *Le Temps des cathédrales*, Gallimard, 1976.

DUBY (Georges), *Les Trois Ordres ou l'Imaginaire du féodalisme*, Gallimard, 1978.

DUBY (Georges), *Histoire de France. Le Moyen Âge*, Hachette, 1987.

DUBY (Georges), *L'Europe au Moyen Âge*, Flammarion, 1990.

DUBY (Georges, dir.), *L'Homme médiéval*, Seuil, 1994.

ERLANDE-BRANDENBURG (Alain), *Quand les cathédrales étaient peintes*, Gallimard, 1997.

FAVIER (Jean, dir.), *La France médiévale*, Fayard, 1983.

FAVIER (Jean), *Dictionnaire de la France médiévale*, Fayard, 1993.

FOSSIER (Robert), *Paysans d'Occident. XIe-XIVe siècle*, PUF, 1984.

FOURQUIN (Guy), *Histoire économique de l'Occident médiéval*, A. Colin, 1969.

GARNIER (François), *Le Langage de l'image au Moyen Âge*, Le Léopard d'or, 1982.

GARRIGOU (Gilberte), *Naissance et Splendeurs du manuscrit monastique du VIIe au XIIe siècle*, éd. des Amis de la bibliothèque municipale de Noyon, 1994.

GUÉNÉE (Bernard), *L'Occident aux XIVe et XVe siècles. Les États*, PUF, 1971.

HARPUR (James), *Le Moyen Âge. Voyage au cœur du monde médiéval*, Solar, 1996.

HEERS (Jacques), *Le Travail au Moyen Âge*, PUF, 1982.

HEERS (Jacques), *Le Moyen Âge, une imposture*, Perrin, 1992.

ICHER (François), *Les Œuvriers des cathédrales*, La Martinière, 1998.

LE GOFF (Jacques), *La Civilisation de l'Occident médiéval*, Arthaud, 1965.

LE GOFF (Jacques), *Les Intellectuels au Moyen Âge*, Seuil, 1976.

LE GOFF (Jacques), *Pour un autre Moyen Âge*, Gallimard, 1977.

LE GOFF (Jacques), *L'Imaginaire médiéval. Essais*, Gallimard, 1985.

MOLINIER (Auguste), *Les Manuscrits et les Miniatures*, Hachette, 1892.

PERNOUD (Régine), *Pour en finir avec le Moyen Âge*, Seuil, 1979.

PERNOUD (Régine) et VIGNE (Jean), *La Plume et le Parchemin*, Denoël, 1983.

PIERRE (Michel), *Le Moyen Âge*, Hachette, 1996.

PORCHER (Jean), *L'Enluminure française*, Arts et métiers graphiques, 1959.

PRESSOUYRE (Léon), *Le Rêve cistercien*, Gallimard, 1990.

RATHAUS (Bernard), *Histoire des techniques du livre*, Éditions Edern, 1970.

RICHÉ (Pierre), *La Vie quotidienne dans l'Empire carolingien*, Hachette, 1973.

TATE (Georges), *L'Orient des croisades*, Gallimard, 1991.

VAUCHEZ (André), *La Spiritualité du Moyen Âge occidental, VIIIe-XIIe siècle*, PUF, 1975.

VAUCHEZ (André), *Les Laïcs au Moyen Âge*, Cerf, 1987.

Table

Deuxième partie
Les *oratores*, ceux qui prient

Table 225

Table 227

SIXIÈME PARTIE
LES GRANDES PEURS DU MOYEN ÂGE

Du même auteur

Le Tour de France d'Auguste Gouttes
dit Carcassonne La Palme des Beaux Arts
ou La Vie quotidienne d'un compagnon menuisier
au XIXe siècle
Carcassonne, CDDP, 1980

Le Compagnonnage, une tradition d'avenir
Jacques Grancher, 1989

La France des compagnons
La Martinière, 1994

99 réponses sur le compagnonnage
Montpellier, CRDP, 1994

Les Compagnons ou L'Amour de la belle ouvrage
Gallimard, « Découvertes », 1995, 2012

Les Œuvriers des cathédrales
La Martinière, 1998, 2012

Building the Great Cathedrals
New York, Abrams, 1998

Les Compagnons
Toulouse, Milan, « Les Essentiels », 1999

Les Compagnonnages en France au XXe siècle
Histoire, mémoire, représentations
Jacques Grancher, 1999

Petit dictionnaire du compagnonnage
Desclée de Brouwer, 2000

The Artisans and Guilds of France
New York, Abrams, 2000

Les Compagnons, les voix de la sagesse
La Martinière, 2003

Les Lumières
La Martinière, 2004

L'Homme face à la mort
La Martinière, 2004

La Sagesse des artisans
La Martinière, 2006

La Première Guerre mondiale au jour le jour
La Martinière, 2007

Les Compagnons du tour de France
La Martinière, 2010

OUVRAGES À DESTINATION DE LA JEUNESSE

Il était une fois les cathédrales
La Martinière Jeunesse, 2001

Apprentis et compagnons au Moyen Âge
Sorbier, 2002

Le Tour de France de Languedoc
Noble Cœur, compagnon menuisier
La Martinière Jeunesse, 2005

Au temps des chevaliers
La Martinière Jeunesse, 2009

Les Bâtisseurs de cathédrale
La Martinière Jeunesse, 2010

EN COLLABORATION

Ils ont osé dire non
Paroles de résistants
(avec Pierre Laborie)
La Martinière, 2008

RÉALISATION : IGS-CP À L'ISLE-D'ESPAGNAC
IMPRESSION : NORMANDIE ROTO IMPRESSION S.A.S À LONRAI
DÉPÔT LÉGAL : AOÛT 2014. N° 116828 (1402165)
IMPRIMÉ EN FRANCE

Éditions Points

le cercle

Le catalogue complet de nos collections est sur Le Cercle Points, ainsi que des interviews d'auteurs, des jeux-concours, des conseils de lecture, des extraits en avant-première…

www.lecerclepoints.com

Collection Points Histoire